제가 변호사가 되어보니 말입니다

제가 변호사가 되어보니 말입니다

: 어느 생계형 변호사의 일상 기록

오광균 지음

차례

2. 변호사의 1년

: 사건, 사고, 사람이 만나는 시간

변호사는 참 좋은 직업이다.

사람을 부를 때 자격의 명칭으로 부르는 경우는 많지 않다. 변호사는 따로 개업을 해도 변호사고, 법무법인에 소속되어 있어도 변호사고, 지방공무원이 되거나 회사에 다녀도 변호사라고 불리고, 심지어 언론사 기자로 있어도 'OOO 기자(변호사)'라고 표기한다. '변호사'라는 자격을 가지고 있으면 이렇듯 송무를 하지 않아도 변호사라고 불린다. 같은 전문직이라고 해도 의사는 '의사님'이라고 부르지 않는데 유독 변호사는 '변호사님'이라고 부른다.

변호사 자격을 취득하면 변리사와 세무사 자격도 생긴다. 그래서 나 역시 변리사로도 등록되어 있고, 세무사 자격증도 가지고 있다. 써먹을 수 있는지는 둘째 치더라도 어쨌든 할 수 있는 게 참 많은 직업이다.

드라마나 영화의 주인공으로도 자주 나오고, 드라마의 주인공이 재벌일 때에도 어김없이 조연으로 등장한다. 드라마 작가들은 변호사라는 직업이 드라마틱할 것이라고 생각하는 것 같다.

어떤 변호사는 범죄자를 변호하다가 욕을 먹고, 어떤 변호사는 약자를 위해 싸우면서 존경을 받기도 하고, TV나 유튜브에 나와서 전문 분야인 법률도 아닌 정치 평론을 하기도 하지만 사실 대개의 변호사들은 그냥 변호사 자격을 가진 회사원 또는 자영업자다. 나나 내 주변의 변호사들을 보면 회사원인 변호사는 회사원처럼 일하고, 공무원인 변호사는 공무원처럼 일하고, 자영업자인 변호사는 자영업자처럼 일을 한다.

회사원일 때는 상사의 부당한 지시를 들어야 하고, 자영업자일 때는 진상 손님들에 대처해야 한다. 수많은 회사원들이 서울의 아름다운 야경을 만들어 내듯, 변호사 역시 매일같이 밤 불빛을 밝힌다(즉 야근을 한다). 야근이 하기 싫어 내 사업을 하려고 개업을 하면 직원은 퇴근시키고 혼자 야근을 하게 된다.

변호사가 되기까지는 참 힘들었는데, 막상 되고 나면 특별할 것도 없고 심지어 돈도 많이 못 번다. 그저 사람들이 특별하게 생각해 주는 것 같다. 회사를 다닐 때에는 내 이름이 사내 인트라넷에서만 검색되었지만, 변호사가 되고 나니 조인스 인물 검색에도 나온다. 사실 그냥 인터넷 포털에서 이름을 치면 많이 나온다. 변호사가 되고 나서 상을 당하니 신문에도 부고 소식이 실렸다. 하는 일에 비해 과도한 존중이라고 생각한다.

처음 출간 제의를 받았을 때 뭘 써야 할지 참 고민이 되었다. 그냥 출근을 해서 컴퓨터 앞에 앉아 서면을 쓰다가 전화 응대를 하고, 재판에 나가고, 상담을 하기도 하는데 사실 다들 그렇게 일하며 살지 않는가. 그래서 특별히 쓸 것이 있을까 고민하다가, 변호사가 특별할 것도 없다는 것을 쓰면 되겠다는 결론에 이르렀다.

그래서 그저 가벼운 마음으로 변호사의 평범한 일상을 쓰려고 했다. 그런데 막상 쓰고 보니 그저 하소연만 잔뜩 써 놓은 것 같다. 하긴 내가 회사에서 해외사업팀으로 일할 때 출간 제의를 받았다고 해도 마찬가지였을 것이다. 그때 글을 썼다면 얼마나 야근이 잦은지, 거래 상대방이 얼마나 이상한 요구들을 하는지, 그 와중에 윗분들의 눈치는 얼마나 보아야 하는지를 잔뜩 썼을 것이다. 여기서 거래 상대방을 의뢰인으로, 윗분들을 판사로 바꾸면 그대로 변호사의 일상이 된다.

'이런 글로 책을 만들 수 있을까'라고 생각해 보니 문득 "이런 걸로도 고소가 되나요?"라는, 하루에도 수도 없이 받는 질문이 떠올랐다. '고소'는 그저 경찰서에 가서 하면 되는 것인데 왜 물어볼까 항상 의문이었다. 비유는 참 이상하지만, 경찰서에 고소장을 내듯 그냥 글을 써보기로 했다.

이 글들은 그저 평범한 내 일상의 기록이다.

Ⅰ. 변호사라는 세계

: 이쪽 업계가 이렇습니다

나는 글자가 싫다

나는 글자가 싫다. 지금도 글자를 보고 있지만 글자는 보는 것도 싫고, 쓰는 것도 싫고, 치는 것도 싫다.

변호사는 말로 일하기보다는 주로 글로 일을 한다. TV에서 보는 것과 달리 실제 재판은 그저 "네, 네"라고 대답만 하고 다음 일정을 잡은 후에 끝날 때가 많다. 짧으면 30초 만에 끝나기도 한다. 어차피 중요한 말은 다 서면으로 내기 때문이다.

사건 하나의 기록은 보통 수백 페이지에 달한다, 라고 하면 거짓말이고 보통은 수천 내지 수만 페이지 분량이다. 요즘은 종이가 아니라 인터넷 전자소송 사이트에 PDF 파일로 제출하기 때문에 기록의 분량이 어느 정도인지 잘 가늠이 되지 않지만, 예전에 종이로 인쇄하였을 때를 생각해 보면 기록철이 서류 가방에 들어가지 않아 백팩을 메거나 에코 백에 담아 들고 다니기도 하였다.

우리 사무실에서는 기록을 종이에 인쇄하지 않고 모두 파일로 다운받아 클라우드에 저장하기 때문에 보통 컴퓨터로 사건 기록을 본다. 그런데 동시에 봐야 하는 문서가 하도 많아서 모니터 두 대로도 모자라 노트북과 아이패드를 동원하기도 한다. 증권사 직원이 된 느낌이다. 커브드 모니터의 가격이 싸지면서 차라리 모니터로 원을 만들면 어떨까 생각해 보기도 하였다.

변호사들은 하루에 수백 페이지의 글을 읽고 수십 장의 글을 쓴다. 그래도 봐야 하는 글이 모두 한글이면 그나마 다행이다. 한자가 나오기 시작하면 참 갑갑해지는데, 특히 손으로 쓴 한자는 '해독'이 필요할 때가 많다. 그러고 보면 세종대왕은 참 위대한 분이시다.

등기소에 가서 폐쇄등기부를 떼어 왔는데 이렇게 되어 있으면 한숨부터 나온다.

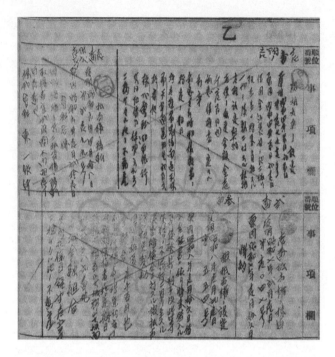

　윗칸을 해석하자면 '주식회사 호서은행'이 근저당권 설정을 하였는데, 그 호서은행이 '주식회사 동일은행'에 합병되었다는 내용이다. 내가 해독한 것인데 솔직히 자신은 없다.

　그래, 저건 옛날 등기니까 그렇다고 치자. 요즘 등기는 다 전산화가 되어 있어서 글자가 해독되지 않는 경우는 없다. 그런데 또 다른 문제가 있다. 다음 등기를 보자.

[토지] ▩▩▩▩▩▩▩▩▩▩▩▩▩▩▩▩▩   ▩▩▩▩▩▩▩▩▩▩▩▩

1. 소유지분현황 (갑구)

등기명의인	(주민)등록번호	최종지분	주　　　소	순위번호
권▩▩ (공유자)	▩▩▩-*******	82491752565 58883317000 00분의 27860610899 45050825130 0	▩▩▩▩▩▩▩▩▩▩▩	136
권▩▩ (공유자)	▩▩▩-*******	82491752565 58883317000 00분의 61842609928 45922690000	▩▩▩▩▩▩▩▩▩▩▩	41
김▩▩ (공유자)	▩▩▩-*******	82491752565 58883317000 00분의 24913767842 64032828040 0	▩▩▩▩▩▩▩▩▩▩▩	145
김▩▩ (공유자)	▩▩▩-*******	82491752565 58883317000 00분의 26522520968 26615368625 1	▩▩▩▩▩▩▩▩▩▩▩	16

　　토지 지분이 '824917525655888331700000분의 27860610899450508251300'이라는데, 이게 어느 정도인지 가늠도 되지 않는다. 중간에 '0'을 하나 뺀다고 해도 알아차리지 못할 것 같다. 굳이 백분율로 계산하자면 3.37738137849583%다.

　　변호사는 종일 글자, 숫자와 씨름을 하며 상대방과 싸운다. 싸움의 도구는 주먹이나 말이 아니라 대개는 글이다. 인터넷에서 소위 키보드 배틀을 하는 것과 비슷하다.

하루 종일 상담을 하고, 하소연을 듣고, 재판에 나가 판사 눈치를 보고, 검찰에 가서 피의자와 함께 반성하고, 사무실에 돌아와서는 어마어마한 양의 문서를 보면서 새로운 문서를 찍어낸다.

당연한 얘기지만 퇴근해서나 휴일에도 일을 하기는 싫다. 평범한 직장인도 마찬가지 아닌가. 삼성전자 다니는 사람이 집에서 삼성 TV를 보고 싶을까?

집에 가면 더 이상 글자를 보기 싫다. 자막도 읽기 싫다. 남들은 애니메이션을 볼 때도 원어에 자막이 달린 버전을 선호한다지만, 나는 대개 우리말 더빙판을 본다. 누가 읽어주는 것이 좋지 집에서도 내가 글자를 읽기는 싫다. 자막을 보면 잠이 쏟아진다. 마블 영화를 극장에서 보기는 했지만 기억이 잘 안 난다. 남들이 다 보니까 따라서 봤는데, 대개 중간에 잠들었다. 극장 의자에 앉아 자막을 읽으려니 어찌나 잠이 쏟아지던지. 타노스가 인피니티 스톤을 모아 손가락을 튕겨서 사람들 절반이 사라졌다는데, 사람들이 사라지는 장면은 봤는데 어떻게 스톤을 모았는지는 기억에 없다.

좋아하는 만화책도 아직 다 읽지 못했다. 한 권을 채 읽기도 전에 잠이 몰려온다. 남들은 잠이 안 오면 재미없는 책을 읽는다지만 나는 그냥 만화책만 봐도 졸립다. 만화방에 가서 두 시간을 결제해 놓고 한 시간 반은 자고 나온다.

대학 시절에는 문학 동아리 활동을 하면서 소설 따위도 끄적이고는 했다. 읽기도 많이 읽었다. 소설도 읽고, 에세이도 읽고, 참 많이도 읽었던 것 같다. 보르헤스나 마르케스의 소설을 읽고 포스트모더니즘 어쩌고 하는 토론도 했더랬다.

그러나 요즘은 휴일이면 레고나 프라모델을 조립하거나 캠핑을 간다. 보카치오가 데카메론을 썼는지, 데카메론이 보카치오를 썼는지 헷갈린다. '단테' 하면 《신곡》이 떠오르고 베르길리우스, 베아트리체 어쩌구 하다가 로댕의 〈지옥의 문〉까지 떠올랐는데, 요즘은 그냥 드라마 〈펜트하우스〉만 떠오른다. 그런데 보르헤스가 사람 이름이 맞던가?

글자를 읽는 것만큼이나 싫은 것은 따지고 싸우는 일이다. 식당에 가서 음식을 시켰는데 머리카락이 나오면 그냥 건져낸다. 손가락이 안 나온 게 어딘가. 매일매일이 싸움인데 싸움은 평일에만 하고 싶다.

의뢰인과 통화를 하면 기본이 30분이다. 단순 상담 전화도 10분 내에 끝나는 경우가 거의 없어서, 하루 동안 전화하는 시간을 합치면 두세 시간은 족히 넘는다. 그래서 휴일에는 전화도 하기 싫다. 중국집에 전화하기가 귀찮아서 그냥 배달 어플을 켠다.

전화에 질린 나머지 내 명함에는 휴대전화 번호가 없다. 휴일이나 퇴근해서까지 전화를 받고 싶지 않기 때문이다. 어차피 거의 매일 야근을 하기 때문에 '인간적으로 허용되는 시간'에는 사무실로 전화하면 된다. 일반적으로 의뢰인들은 대부분 인간적인데 반해, 수임료도 내지 않는 단순 상담 손님이 휴일이나 새벽에 전화를 해대곤 한다. 한번은 새벽에 술 먹고 경찰서에 끌려간 사람에게서 "경찰서 유치장에 있으니 꺼내달라"라는 전화가 오기도 했다. 글쎄, 변호사라고 해서 딱히 방법이 있는 것은 아니지만 입금부터 먼저 해야 하지 않지 않을까.

휴가는 특별한 일이 없다면 항상 해외로 간다. 요즘은 로밍이 되기에 해외로 나가 봐야 소용이 없다고도 하는 사람이 많으나, 유심을 갈아 끼우면 된다. 어차피 급한 일은 직원이 카톡으로 보내준다. 지금까지 급한 일이라고 하는 의뢰인에게 전화해 보면 대개 안 급한 일이었다. 국내에 있으면 자료를 볼 수 있고, 자료를 볼 수 있으면 일을 해야 한다. 물론 우리 사무실의 자료는 모두 클라우드에 있어서 해외에서도 볼 수 있지만, 요즘 내가 여름에 가는 휴가지는 대개 도심지가 아니다. 매년 휴가는 겨우 닷새고, 그것도 주말을 빼면 사흘이다. 1년에 딱 한 번 있는 시간에 사건을 기억하고 싶지는 않다.

변호사는 굉장히 점잖은 직업처럼 보이지만, 사실은 죄다 싸우는 일이다. 욕만 안 할 뿐 욕보다 더 기분 나쁜 말로 싸울 때가 많다. 가끔 나름대로 있어 보이려고 어려운 한자어를 쓰며 덤비는 상대가 있는데, 대학에서 중문학을 전공한 터라 구체적인 뜻을 아는 내 입장에서는 더 기분이 나쁘다. 그럴 때는 특기를 살려 더 어려운 한자어로 맞서곤 한다.

"원고의 주장은 적반하장(賊反荷杖; 도둑이 오히려 몽둥이를 든다, 즉 잘못한 사람이 도리어 아무 잘못도 없는 사람을 나무람)인 셈입니다."

"피고의 잘못이 명백한데도 '적반하장'이라며 원고를 도둑에 비유하니 그야말로 '아가사창'(我歌查唱; 내가 부를 노래를 사돈이 부른다는 뜻으로, 자기가 할 말을 상대편에서 먼저 함)입니다."

이런 식이다.

한번은 대단한 증거를 낼 것처럼 얘기해 놓고 별다른 증거도 내지 않기에 "대체 내겠다는 증거가 어디에 있다는 것인지, 정말 '태산명동서일필'(泰山鳴動鼠一匹, 태산이 큰 소리를 내며 흔들리더니 뛰어나온 것은 쥐 한 마리다)입니다"라고 한 적도 있다.

한 시간 말다툼을 할 때도 지칠 텐데 그런 일을 매일 출근해서부터 퇴근할 때까지 한다.

상담 중에는 우는 사람이 하도 많아서 항상 손 닿는 곳에 티슈가 준비되어 있다. 손님이 울어도 물어볼 건 다 물어보며, 직원도 손님 우는 모습에 놀라지 않는다. 우는 사람이 한두 명도 아니고, 대성통곡 정도는 해줘야 '독특하네' 정도로 느껴진다. 변호사는 의뢰인과 같이 울어주는 사람이 아니라 우는 의뢰인 대신 싸워주는 사람이다. 나는 드라마든 예능이든 우는 장면이 나오면 채널을 돌려버린다. 상담하는 것 같아서 피곤이 몰려와서다.

퇴근하거나 휴일이면 일 생각은 하지 않으려고 한다. 그만 싸우고 싶다. 그래도 변호사의 눈으로 본 세상은 죄다 일거리다.

비가 오는 날엔 아파트 누수 사건이 생각나고, 해변에

가면 어로 보상금 사건이 떠오른다. 먹방을 보고 있으면 식당 동업청산금 청구 사건이 떠오르고, 아울렛에 옷을 사러 가면 위탁판매사업자 수수료 사건이 떠오른다.

가전제품을 사러 가면 삼성은 우리 소송 상대방이었고 LG는 고객사 쪽이니까 LG 제품을 사게 된다. 비행기도 소송 상대방이었던 외국계 항공사는 피한다. 우리 고객 중에는 대기업도 있고, 중소기업도 있고, 버스 기사도 있고, 택시 기사도 있고, 음식점 주인도 있고, 카페 주인도 있고, 헬스 트레이너도 있고, 같은 아파트 주민도 있고, 미국 사람도 있고, 중국 사람도 있고, 캄보디아 사람도 있고, 남성도 있고, 여성도 있고, 남성이었는데 여성으로 바꾸겠다는 사람도 있다.

세상이 일로 가득 차 있다.

보이스 피싱 당하는 변호사

사건을 검토하다 보면 계약서를 많이 보게 된다. 그런데 대개의 계약서는 법률 전문가의 검토를 거치는 경우가 많지 않아 문구가 이렇게도 해석되고, 또 저렇게도 해석될 때가 많다. 그때마다 의뢰인에게 "이번에는 어쩔 수 없지만 다음번에 계약서를 쓸 일이 있으면 꼭 변호사와 상담을 받으세요"라고 말하곤 한다.

의뢰인에게는 계약서를 꼼꼼하게 확인하라거나 매매 대상 물건을 제대로 확인하라고 핀잔을 주지만, 정작 내가 계약을 할 때에는 대강 훑어보기만 하고 쉽게 도장을 찍곤 한다.

은행에 내는 서류에도 이름과 주소 쓰기에 바빠서 제대로 확인도 하지 않고 그저 은행 직원이 형광펜으로 칠해 준 곳에다가 쓰라는 대로 쓴다. 어차피 계약 내용을 내가 바꿀 수 있는 것도 아니고, 사실 이렇게 저렇게 복잡하게 따지기보다는 그냥 은행이니까 믿고 도장을 찍는 것이다. 변호사라고 별로 다르지 않다.

우리 사무실 계약을 할 때에도 내가 계약서를 작성하여 임대인과 만나 서로 도장을 찍었는데, 사실 그냥 표준계약서 양식에 숫자와 주소만 넣었다. 어차피 임대인도 아는 변호사님이어서 딱히 서로 이것저것 얘기할 것도 없고, 변호사끼리 사소한 돈은 대충 넘어갈 때가 많다. 그러고 보니 내가 다른 변호사님께 고용되었을 때에도 근로계약서를 썼는지 기억이 나지 않는다. 아마 안 썼던 것 같다. 썼어도 서로 안 가지고 있을 것이다.

변호사들은 다 그런 존재들인 것 같다. 남의 계약서는 꼼꼼히 보지만 정작 자기 일은 대충 한다.

예전에 대학원에서 강의를 들었던 민법 교수님도 예외는 아니었다. 학계에서 저명한 교수님이셨는데, 농담 삼아 얼마 전 부동산 계약을 제대로 못 해서 손해를 보았다며 "내가 명색이 민법 교순데 막상 내 일은 이렇게 해"라며 멋쩍어하셨다. 대학원생을 가르치는 교수님도 실생활에서는 일반인과 별 차이가 없다.

이쪽 업계는 정말 변화에 느려서 세상 흐름과 동떨어진 느낌이다. 전자소송이 도입된 지 벌써 10년이 넘어서 형사 사건을 제외한 대부분의 사건은 인터넷으로 서류를 제출할 수 있다. 문서는 모두 PDF로 변환되어 제출되고, 동영상이나 음성 파일도 제출할 수 있다. 그런데 아직도 노트북이나 태블릿을 가지고 다니는 변호사보다 종이 서류를 들고 다니는 변호사가 훨씬 많다.

변호사들은 굳이 PDF 파일을 다운받아 모두 인쇄해서 '기록철'을 만든다. 변호사 사무실 직원의 주요 업무가 PDF 파일을 다운받아 인쇄하는 일이다. 40대 이상이라면 기억할 텐데, 아주 옛날 옛적에 썼던 검정색 '철끈'이라는 것이 있다. 종이에 구멍을 뚫어 묶는 끈인데 요즘은 문구점에서 구하기도 힘들고, "철끈 주세요"라고 하면 그게 무엇인지 알아듣는 사람도 드물다. 기록은 그 철끈을 이용해서 편철을 한다.

그렇게 편철한 기록은 보통 수천에서 수만 페이지가 되기 때문에 빵 봉투처럼 생긴 커다란 '기록 봉투'에 담아서

가지고 다닌다. 나는 아이패드를 들고 다니다가 요즘엔 그냥 노트북을 가지고 다니는 편인데, 젊은 변호사 중에서도 노트북이나 패드보다는 구닥다리 종이 서류 뭉치를 들고 다니는 이들이 훨씬 더 많다.

왜 종이를 고집하는지 물으면 "종이로 인쇄해야 보기 편하다"라고 말한다. 뉴스를 볼 때는 스마트폰이나 컴퓨터로 보면서 왜 서면만 종이로 인쇄해서 보는지는 잘 모르겠다. 종이로 인쇄하면 밑줄을 그을 수도 있고 간단한 메모도 할 수 있고 포스트잇도 붙일 수 있다고 하는데, 패드 화면으로도 밑줄을 긋고 간단한 메모를 하고 포스트잇도 붙일 수 있다. 심지어 키워드 검색도 할 수 있고, 요즘은 이미지 파일에 손으로 쓴 글씨까지도 검색할 수 있다. 종이 서류를 보다가도 확대하려고 엄지와 검지를 갖다 댄경험이 한 번씩은 있을 터인데도 굳이 종이를 고집한다.

이렇게 이쪽 업계는 요즘 세상과 동떨어져 있지만, 정작 변호사들은 요즘 것들을 따라 하고 싶어 한다. 부장님이 굳이 취향에도 맞지 않는 BTS 노래를 듣는 것과 비슷하달까.

이러한 추세에 맞게 한동안 '사건관리 앱'을 가장한 피싱 메시지가 떠돌았다. 링크를 클릭하면 알 수 없는 프로그램이 설치되는 식이었다. 사기꾼들은 워낙 귀신같아서 이쪽 업계가 세상 물정을 잘 모른다는 점을 잘 파악해 그런 피싱 앱을 만들었을 것이다.

예전에 다른 사무실에서 근무할 때 직원이 검찰청에서 전화가 왔다면서 전화를 넘겨주었다. 검찰 단계인 사건이 몇 개 있었기 때문에 수사관이나 검사라고 생각하고 전화를 받았다.

"서울지방검찰청 김○○ 검사입니다"

사실 이 단계에서 알아차렸어야 했다. 왜냐하면 '서울지방검찰청'이라는 곳은 없기 때문이다.

"네, 오광균 변호사입니다. 어떤 사건이죠?"

"선생님의 농협 계좌가 범죄에 이용되고 있습니다."

하, 보이스 피싱이었다. 처음 받는 보이스 피싱이라 무척 흥미로웠다. 보이스 피셔들의 사법 지식이 어느 수준인지 궁금하기도 해서 대화를 이어보았다.

"형제 번호가 어떻게 되나요?"

'형제'는 '브라더'라는 뜻이 아니다. 검찰에 사건이 접수되면 검찰사건사무규칙 제4조 제3항에 따라 접수 연도와 접수 번호를 부여하는데 '○○○○년 형 제 ○○○호'로

표시한다. 이를 보통 '형제 번호'라고 부른다.

보이스 피셔는 거기까지는 공부가 안 되었는지 잘 알아 듣지 못하고 나를 협박했다.

"선생님 농협 계좌가 범죄에 이용되고 있다고요. 수사에 협조하지 않으면 처벌받습니다."

"네. 처벌하세요."

대화는 여기까지. 가볍게 대답하고 전화를 끊어버렸다.

내가 전화를 끊은 후 곧바로 다른 직원이 검찰청에서 전화가 왔다며 또 전화를 넘겨주려고 하기에 보이스 피싱이라고 얘기해 주었다. 사무실 전화번호 숫자가 연달아 있는 탓에 순서대로 전화가 오는 듯했다.

요즘 "검찰청입니다"라는 전화를 받으면 보통은 보이스 피싱을 의심하겠지만, 이쪽 업계에서는 실제로 검찰청으로부터 전화 받을 일이 꽤 많기 때문에 일단은 진짜 검찰청이라고 생각한다. 나이 지긋한 변호사님들과 회식을 하다가 검찰청 사칭 보이스 피싱 전화를 받고 진짜인 줄 알고 한참을 얘기했다는 이야기를 듣기도 했다. 변호사들은 이런 것에 약하다.

사람마다 다르겠지만 변호사들은 자기 일을 좀 설렁설

링 처리하는 경향이 있다. 매일 법으로 따지고 소송을 하는 것이 직업이지만, 막상 내 일을 법적으로 따지기는 조금 귀찮다. 그래서 많은 변호사들이 보수를 떼인다. 떼인 금액이 크면 소송을 하기도 하나 그냥 넘어갈 때가 많다. 업력이 20~30년 되는 변호사 중에는 "떼인 돈을 다 합하면 빌딩 하나는 산다"고 말하는 사람이 많다. 나 역시 떼인 돈을 다 합하면 벤츠 한두 대 값 정도는 나올지도 모른다.

변호사가 보수를 떼였다고 매번 직접 소송을 하여 의뢰인과 싸우기도 민망하고, 그렇다고 다른 변호사에게 맡기기도 좀 그렇다. 친한 변호사끼리 서로 품앗이를 해주자는 말은 많으나, 실제로는 소송을 거의 하지 않는다.

변호사들은 다들 그런 것 같다. 남의 일은 깐깐히 따져보고 쉽게 소송을 하지만, 막상 자기 것은 잘 못 챙긴다. 유명 셰프도 집에 가서는 배달 음식을 시켜 먹는다지 않는가. 치열하게 일하다가 집에 들어오면 머리를 쉬게 하고 싶은 법이다. 사람은 역시 다 비슷하다.

글은 쓰는 게 아니라 찍어내는 것

변호사는 '말'로 하는 직업이 아니다. 의뢰인과는 말을 많이 하나 재판에 나가서는 별로 할 말도 없다. 법정에서 내가 한 말을 받아 적을 사람도 없고 시간도 없으니, 하고 싶은 말은 주로 글(보통 '서면'이라고 한다)로 써서 미리 낸다. 실제 재판은 미리 제출한 서면을 보고 하는 것이다. 재판 당일에 말로 주장하면 판사는 "서면으로 내세요"라고 대꾸한다.

그러다 보니 변호사는 재판이 없는 때에는 주로 글을 쓴다. 어마어마하게 많이 쓴다. 하루에 적을 때는 20장에서 많을 때는 50장까지도 쓴다. 그쯤 되면 글을 '쓴다'고

하기보다는 '찍어낸다'는 표현이 더 적당하게 느껴진다.

서면을 보면 변호사들은 그것을 변호사가 썼는지, 사무장이나 다른 업계 종사자가 썼는지 쉽게 알 수 있다. 변호사들이 쓰는 방식은 규격화되어 있고, 특유의 습관이 배어 있기 때문이다.

우리나라에서 많이 쓰는 한글 워드(HWP) 프로그램의 기본 세팅은 글자 크기 10포인트, 줄 간격 160%이지만, 변호사들은 보통 글자 크기 12포인트, 줄 간격은 200% 이상으로 쓴다. 나는 줄 간격 200%도 적은 것 같아서 보통 250% 정도로 놓고 쓴다. 판사든 변호사든 다들 시력이 좋지 않아서 그 정도는 되어야 시원시원하게 글을 읽을 수 있다.

편집 용지는 A4 용지 윗여백 45mm, 좌우 20mm, 아랫여백 30mm로 세팅해 놓는다. 종이로 인쇄해서 보관하는 사무소라면 위쪽에 구멍을 뚫어 끈으로 묶어야 하기 때문에, 그것까지 생각해 윗여백을 충분히 둔다.

'무슨 그런 것까지 신경을 쓰나'라고 생각할 수도 있겠지만, 이러한 규격은 변호사들의 관행이 아니라 법으로 정해져 있다.

민사소송규칙 제4조

② 소송서류는 특별한 사정이 없으면 다음 양식에 따라 세워서 적어야 한다.

1. 용지는 A4(가로 210mm×세로 297mm) 크기로 하고, 위로부터 45mm, 왼쪽 및 오른쪽으로부터 각각 20mm, 아래로부터 30mm(장수 표시 제외)의 여백을 둔다.

2. 글자 크기는 12포인트(가로 4.2mm×세로 4.2mm) 이상으로 하고, 줄 간격은 200% 또는 1.5줄 이상으로 한다.

대학생이 레포트 쓸 때처럼 장수를 늘리려고 글자를 크게 쓰는 것이 아니라, 그렇게 쓰라고 법으로 규정하고 있는 것이다. 이쪽 업계에서는 이런 것까지 법으로 만들어 놓는다. 이 업계 종사자들은 대개 시력이 좋지 않아서 이렇게 써야 한다. 규정대로 작성을 하면 참 읽기는 편하다.

서체를 어떻게 해야 하는지 규정이 있는지는 모르겠는데, 인터넷 전자소송 사이트에 서면을 제출하면 특정 서체로 변환이 된다. 가령 'OO체'로 써서 전자소송으로 제출하면 자동으로 서체가 변경된다. 굳이 그렇게까지 할 필요가 있겠나 싶지만, 정말 이쪽 업계에는 개성이라는 게 존재하지 않는다.

변호사들은 일정한 순서에 따라 단어를 배열하도록 훈련받는다. 보통 '주일상목행'이라고 하는데 '주체, 일시, 상대방, 목적물, 행위' 순서로 쓴다. 일시는 '2021. 4. 15. 16:35'라고 쓰지 '2021년 4월 15일 오후 4시 25분'이라고 쓰지 않는다. 그 규칙에 따라 '원고는 2021. 4. 15. 피고에게 금 3,000만 원을 대여해 주었습니다'라고 해야 하지 '2021. 4. 15. 원고는 피고에게 금 3,000만 원을 대여해 주었습니다'라고 쓰면 굉장히 어색하다. 하도 습관이 되어 있어서 순서가 바뀌면 머릿속에 잘 들어오지도 않는다.

글을 쓰는 순서도 정해져 있다. 가령 소장을 쓸 때는 '당사자 사이의 관계'를 쓴 후에 '요건 사실'을 쓰고 '결론'을 쓴다. 소장에서 첫 제목이 '1. 당사자 사이의 관계'가 아니라 다른 제목이 들어가거나 본론부터 나오면 어색하다. 다른 제목이 무엇이 있을까 예시를 들고 싶어도 생각이 나지 않을 정도로 습관이 되어 있다. '요건 사실'이라는 개념이 일본 사법연수원에서 생겨난 것이라 다른 업계에서는 생소할 수 있는데, 원고가 'A'라는 청구를 하기 위해서는 'B, C, D' 사실을 주장하고 증명해야 한다는 이론이다. 그래서 처음에 '당사자 사이의 관계'를 썼으면 그 다음은 위 순서에 따라 B, C, D를 쓰면 된다. 요건 사실이 무엇인지는 변호사라면 시험을 준비하면서 달달 외워야 한다.

주장하는 순서에도 관행이 있을 때가 있다. 가령 이혼 사건은 이혼, 위자료, 재산분할, 친권자 및 양육자 지정, 양육비, 면접교섭의 순서대로 서면을 쓰고, 청구도 그 순서대로 한다. 이 순서를 꼭 지켜야 하는 것은 아니지만 위자료 주장 다음에 재산분할이 아니라 친권자 이야기가 나오면 굉장히 어색하다. 얼마나 이상하냐면, 위자료 청구 뒤에 친권자 지정 청구가 나오면 '재산분할 청구는 안 하는 것인가?'라고 생각할 정도다. 〈런닝맨〉을 보더라도 처음에 오프닝을 하고, 게스트를 소개하고, 그날 콘셉트를 설명하고, 이런저런 게임을 하다가 마지막에 이름표를 뗀다. 위자료 다음에 친권자 주장이 나오면 마치 게스트 소개도 없이 이름표 떼기 게임을 하는 것처럼 찝찝해서 고쳐주고 싶다.

사소하게는 어투도 어느 정도 정해져 있다. 지금은 점차 개선되고 있다고는 해도 일본어식 어투가 만연해 있는

게 현실이다. 가령 단정적인 문장은 어색하다. '피고의 주장은 타당하지 않습니다'라고는 잘 쓰지 않고, '피고의 주장은 타당하지 않을 것입니다'라고 쓴다. 아무래도 변호사 나부랭이가 판사처럼 '맞다', '틀리다'를 단정하기 꺼려하는 것이 관행이 된 것 같다. 가끔 어투가 너무 물렁물렁하다며 강하게 써달라고 요구하는 의뢰인이 있다. 소송에서 원고나 피고는 '주장'을 하는 사람이고, 어느 주장이 맞는지를 판단하고 결정하는 것은 판사의 몫이다. 내 주장만 맞다고 주장하고 싶겠지만, 읽는 판사 입장에서는 그다지 좋은 기분으로 받아들이지 않을 수 있다.

하다못해 주소를 쓸 때도 '서울 서초구'라고 써야 하지, '서울시 서초구'나 '서울특별시 서초구'라고 쓰면 틀리다. 우리 사무실이 있는 평택의 경우 '평택시 평남로'라고 써야 하지, '경기도 평택시 평남로'라고 쓰거나 '경기 평택시 평남로'라고 쓰면 안 된다. 군 단위는 또 달라서 '충북 음성군'이라고 써야 하지 그냥 '음성군'이나 '충청북도 음성군'이라고 쓰면 안 된다. 주소가 '광주시'로 되어 있으면 경기도 광주시고, '광주'로 되어 있으면 광주광역시다. 이 역시 '재판서 양식에 관한 예규 제10조'에 규정되어 있다.

이쯤 되면 눈치챘겠지만 법률 문서는 일반 에세이나 소설을 쓰는 것과 다르다. 정해져 있는 규칙과 관행에 사실관계를 끼워 맞추는 것이다. 그래서 사실관계가 확실하게 정리되어 있으면 별로 생각할 것도 없이 10장이든 20장이든 찍어내듯 써 내려갈 수 있다.

민사 소송에는 워낙 다양한 상황이 있지만, 가사 소송의 경우에는 사람들 사는 게 엇비슷해서 3분의 1 정도는 이전에 썼던 것과 내용이 겹칠 때가 많다. 친족이기만 하면 소송 요건을 갖추게 되는 '친생자관계존부확인의 소'는 예전에 썼던 것에서 이름만 바꾸어 내도 될 정도다.

그런데 여기에 큰 변수가 있다. 바로 의뢰인의 존재다. 대부분의 의뢰인들은 법률 문서에 어떠한 내용이 들어가야 하고 어떠한 내용이 들어갈 필요가 없는지, 또 관행적으로 글을 어떻게 써야 하는지 알지 못한다. 당연하다. 그 정도 수준은 전문가의 영역이니까. 사실 그걸 알 정도 수준이라면 변호사를 선임할 필요도 없다.

그래서 많은 의뢰인들이 '이 얘기도 써달라', '저 얘기도 써달라'고 이야기한다. 소송은 그렇게 하는 게 아니라고 말해봤자 별 소용이 없다. 사또께 읍소하고 억울한 심정을 하소연하고 싶은 심정도 이해는 간다.

특히 이혼 소송에서는 남편이 30년 전 생일 때 술을 먹고 들어왔다던가, 10년 전에 돌아가신 시어머니가 무슨 말을 했는지까지 써달라고 한다. "그럼 30년 전에 이혼하지 왜 지금까지 사셨어요?"라고 말하고 싶어 입이 근질근질하다. 변호사 입장에서는 결과에 영향이 없어 필요하지 않은 내용이라 써주지 않았다가, 소송 결과가 좋지 않으면 '써달라는 것을 안 써줘서 소송에서 졌다'라는 말이 나올 수 있으니 그냥 무시할 수도 없다.

그런데 의뢰인이 원하는 대로 이 얘기 저 얘기를 주절주절 다 쓰면 판사가 피곤해한다. 주장이 명확해지지도 않아서 판사로부터 "그래서 대체 하고 싶은 말이 뭐냐?"라고 핀잔을 들을 수도 있다. 주장이 명확하지 않으면 재판이 산으로 간다. 열심히 감정싸움을 한 부분은 판결서에 한 줄 언급조차 되지 않을 때가 많다. 솔직히 불필요한 주장을 거듭하는 것은 변호사로서 창피한 일이기도 하다.

그래서 요즘은 의뢰인이 요구하는 것이 많으면 필요한 말은 앞쪽에 다 쓰고, 뒤에 "이하 내용은 이 사건 결과에 직접적인 영향은 없을 수도 있으나 당사자의 혼인 생활에 관하여 참고하시라고 말씀드립니다"라는 식으로 적당히 써놓은 뒤에 의뢰인이 하고 싶다는 말을 다 써준다. 어차피 판사는 안 읽을 것이고, 그냥 의뢰인과 상대방만 읽으면서 서로 거짓말을 하였다며 감정싸움을 할 것이다. 진술서를 20장이나 써서 줬는데 변호사가 두어 장만 어려운 얘기를 하고 나머지는 자신이 쓴 진술서를 거의 붙여넣기 수준으로 작성하였다면, 그 두어 장만 쓸모 있는 이야기라고 생각해도 거의 틀리지 않다.

AI가 발달하여 많은 직업이 AI로 대체될 수 있다고 하지만, 내 생각으로는 적어도 근미래에 변호사가 AI로 대체될 수는 없을 것 같다. 법률 서비스에 기술을 접목한 소위 '리걸테크(LegalTech)' 산업이 각광을 받고 있다지만, 결국 소비자는 인간 변호사를 찾지 않을까? 인간 변호사와 달리 AI는 쓸데없는 말이나 그다지 유리해 보이지 않는 주장은 써주지 않을 테니까.

내가 아는 변호사가 있는데

주변에 아는 의사나 변호사가 있으면 생활에 도움이 될 때가 많다. 돈 주고 물어보기 애매한 일이라면 아는 의사나 변호사에게 전화해서 공짜 상담을 하는 경우가 많은데, 법 상담을 공짜로 하려 든다고 탓할 수도 없는 게 나 역시 아는 의사에게 종종 공짜로 물어본다. 의료법에서 금지하는 '원격의료행위'인 것 같기도 하지만, 그냥 '이 정도는 물을 수 있지'라며 얼버무리곤 한다.

인맥 중에 변호사가 있다는 점은 종종 자랑이 되는 것 같다. 사실 변호사들은 주변 친구와 지인이 죄다 판사, 검사, 변호사라서 서로를 너무도 잘 알기에 즉흥적으로 물어봐야 별로 도움이 안 된다는 사실을 알지만, 법조인이 아닌 사람들은 변호사라고 하면 세상 법을 다 안다고 생각하는 것 같다.

일상생활에서 "내가 아는 변호사가 있는데……"라면서 말을 시작하면 대개 그 뒤에 나오는 내용은 법적으로 맞지 않다. 그냥 본인 생각을 말해도 되는데 '변호사 지인'의 말이었다는 것을 붙여야 좀 더 권위가 생긴다고 여기는 것 같다.

예를 들어 "내가 아는 변호사가 있는데, 이런 경우에는 이혼 사유가 된대"라고 하면 대개 틀린 말이다. 그 사유가 이혼 사유가 되는지는 앞뒤 정황을 모두 알아야 한다. '이런 경우'를 겨우 한두 마디로 요약할 수 있는 경우는 별로 없다. 부부 관계 거부가 이혼 사유라는 판례도 있지만, 이혼 사유가 아니라는 판례도 있다. 폭행이 이혼 사유라는 판례도 있지만 이혼 사유가 아니라는 판례도 있다. 판례끼리 서로 모순되는 것이 아니라 구체적인 사실관계가 다른 것이다.

내가 변호사인지 잘 모르는 사람들과 함께 있을 때 누가 "내가 아는 변호사가 있는데……"라고 말을 꺼내면 나는 보통 가만히 있는다. 군이 면박을 주고 싶지 않아서다.

모르는 사람이 섞여 있는 자리에서 저런 말을 하였는데 굳이 동조도 반박도 하지 않는 사람이 있다면, 그 사람이 변호사일 수도 있다. 굳이 쉬는 날까지 법 얘기를 하고 싶지도 않다.

그런데 사실 내 지인을 자처하는 사람 중에는 내가 모르는 사람이 굉장히 많다. "누구누구 소개로 연락드립니다"라고 시작하는 전화를 받으면 그 '누구누구'가 아는 이름인 경우는 거의 없다.

'누구누구'는 매우 다양해서 우리 사무실에 인터넷 설치를 하러 온 기사님일 때도 있고, 택배 기사님일 때도 있다. 더운 날이면 그래도 음료수 하나라도 건네드리는데 그게 나름 인연이었나 보다.

요즘은 변호사가 늘어서 좀 나아졌다고는 하나, 여전히 변호사 사무실의 문턱은 높다. 서비스를 받는 고객이 변호사라는 사실을 알게 되면 다들 법률 상담을 요청한다. 그래서 나는 인터넷 설치하는 것을 구경하다가도 법률 상담을 하고, 냉장고 설치하는 것을 지켜보다가도 법률 상담을 하고, 에어컨 수리하는 것을 보다가도 법률 상담을 한다. 다들 바쁜 직업인데도 한참을 얘기하다 가신다. 보통 서비스를 하러 오시는 분들은 자신의 명함을 주고 가는데, 우리 사무실에 오시는 분들은 내 명함을 받아 간다.

얼마 전 내가 사는 아파트 아랫집에 누수가 있다고 해서 A/S센터에서 하자 보수를 하러 왔다. 입주한 지 얼마 되지 않은 아파트라 내가 비용을 내야 하는 것도 아니어서 그냥 시간에 맞춰 집에 가서 문을 열어주고 노트북으로 일을 하고 있었는데, 현장 소장이었는지 이사님이었는지 꽤 높으신 분이 내가 변호사라는 것을 알고는 '어느 어느 세대에서 얼마나 갑질을 하였는지' 한참 하소연을 풀다가 소송이 들어오면 나한테 사건을 맡기겠다면서 명함을 받아 갔다.

법률 상담은 때와 장소를 가리지 않아서 우리 집을 내놓으려고 부동산에 가서도 법률 상담을 하고, TV를 사러 가서도 법률 상담을 하고, 내 차 사고 수리를 맡기다가도 법률 상담을 하고, 마트에 먹을 것을 사러 가서도 법률 상담을 한다. 사실 변호사끼리 모여서도 서로 법률 상담을 한다.

한번은 이런저런 사정 때문에 내가 살던 집을 월세로 놓고 이사를 가야 할 일이 생겼다. 부동산에서 계약을 하자고 연락이 와서 시간 약속을 잡고 세입자와 만났다. 세입자는 다른 동에 살던, 돌도 지나지 않은 듯한 아이를 데리고 온 신혼부부였다. 지금 사는 집에서 1년 정도밖에 살지 않았는데 집주인이 집을 팔았다며 비워달라 하였다고 했다. 그래서 "매수인이 집을 안 보고 샀나요?"라고 물어보니 집을 보러 온 사람들이 많았다고 했다.

"계약 기간 남아 있으면 그냥 집 안 보여주면 그만인데. 그럼 안 팔릴 거 아니에요."

"어머, 집을 안 보여줘도 되는지 몰랐어요."

생각해 보니 내가 집주인이 되는데 참 쓸데없는 팁을 알려주었다. 하도 시도 때도 없이 법률 상담을 하다 보니 이런 폐해도 생긴다.

이렇게 많은 사람과 법률 상담을 하고 명함을 주고 오기 때문에, 명함을 몇백 장씩 찍어도 금방금방 없어진다. 그 명함은 또 돌고 돈다. 어떤 일을 당해서 정신이 하나도 없었는데, 집에 와서 정신을 차려보니 가방에 명함이 있었다며 모르는 분이 내 명함을 들고 찾아와 사건을 맡긴 적도 있었다.

명함 주고받은 인연이라도 있어야 '아는 변호사'가 되는 것은 아니다. 전화 상담 한 번 한 사람도 아는 변호사가 있다면서 소개를 시켜줄 때가 꽤 있다. 어쨌든 내 입장에서도 공짜로 홍보가 되는 것이라서 내 지인을 사칭하는 사람이 많다는 것은 고마운 일이다.

  나의 지인을 사칭하여 사건을 소개시켜 주는 건 참 좋은데, "내가 아는 변호사가 있는데……"라면서 자기 생각을 변호사의 의견인 양 말하는 것은 매우 위험한 일이다. 잘못된 법률 상식이 삶에 큰 영향을 줄 수도 있기 때문이다. 법을 잘못 알아 청구할 수 있는 기간을 놓치기도 하고, 간단하게 해결할 수 있는 일을 포기하기도 하고, 하지 않아야 할 소송을 해서 오히려 큰돈을 물어줘야 할 때도 있다.

  그러니 그 사람에게 도움을 주고 싶다면 '아는 변호사'로부터 들은 얘기를 전달하지 말고, 그냥 그 변호사를 소개시켜 주는 편이 낫다. 별로 안 친하지만 소개를 당한 아는 변호사도 지인으로 사칭당했다는 게 기분 나쁘지도 않고, 공짜로 홍보도 되어서 좋아할 것이다.

광고의 유혹

요즘은 좀 줄어든 것 같은데, 법원 입구에는 항상 명함이나 전단을 나눠주는 사람이 있었다. 대개는 돈을 받아준다는 업체다. 예전에는 '떼인 돈 받아드립니다'라는 광고를 많이 보았는데, 어느 순간부터는 그것 대신 합법적으로 등록한 업체의 광고가 부쩍 늘었다. 'OO신용정보'라는 이름의 신용정보업체 광고들인데, 변호사들은 이 업체들로부터 제안도 많이 받고 광고도 많이 받는다.

신용정보업체는 다른 사람의 재산이나 신용에 관한 사항을 조사하여 알려주는 '흥신업'을 하는 곳들이다. 의뢰인이 채권추심, 즉 돈을 받아내는 법을 물어보면 여러 방법 중의 하나로 신용정보업체를 이용할 수 있다고 알려주기도 한다. 대개 신용정보업체라고 하면 조폭을 떠올리지만, 요즘 허가받은 업체에서 폭력적인 방법을 동원하는 경우는 본 적이 없다. 다만 불법적으로 신용정보를 제공하거나 채무자에게 거짓말을 해 돈을 받아내는 경우는 있다. 예전과 달리 '깔끔한' 불법이 됐다고 할까.

변호사로 일하다 보면 이렇듯 신용정보업체를 비롯한 다양한 업계로부터 다양한 광고 유혹을 받는다. 광고가 발생하는 이유나 경로도 참 다양한데, 역시 사회는 수많은 이해관계의 집합체이구나 싶다.

소송을 하다 보면 녹취록이 필요할 때가 많다. 아직도 많은 사람들이 계약서를 잘 작성하지 않기 때문에 사실관계를 증명하려면 부득이 전화 통화 내용을 문서로 만들어야 하는 경우가 많은데, 이때 이용하게 되는 속기사 업계도 경쟁이 만만찮다. 녹취록을 작성할 때 발생하는 수수료는 의뢰인이 내는 것이 원칙인데, 이 수수료의 일부를 떼어주겠다는 소위 '페이백' 제안을 종종 받는다. 30분 상담료도 되지 않는 소액에 욕심을 부리고 싶지 않아 개인적으로는 이용하지 않는다.

포털 광고 업체로부터는 거의 매일 전화를 받는다. 합법적인 업체로부터 전화를 받는 경우는 거의 없고 대개는 '조작'을 통해서 검색이 잘되게 해준다고 광고한다. 개업 초기에 인터넷 광고라도 하지 않으면 사건을 수임하기 어려워서 포털 키워드 광고를 한 적이 있는데, 나는 이때도 직접 운영을 했고 검색 조작은 한 번도 이용하지 않았다. 요즘은 인터넷 광고를 보고 오기보다 기존 의뢰인의 추천을 받아서 찾아오는 사람이 훨씬 많고, 그 사건 처리로도 바쁘기 때문에 광고를 많이 하지 않는다.

블로그에 올려주겠다는 제안도 많이 받는다. 실제로 블로그에서 본 글을 믿고 물어보는 경우가 많다. 나도 직접 운영하는 블로그가 있기는 하나 바빠서 관리하지 않은지 오래되었다. 사실 경력 많은 변호사가 블로그 글을 직접 쓰는 경우는 많지 않다. 평소 업무로도 바쁜데 그런 것까지 쓸 시간이 많지 않아서다. 그래서 블로그에는 의뢰인에게 꼭 필요한 정보는 별로 없다.

신문 기사에 올려주겠다는 제안도 많이 받는데, 신문사마다 가격은 다르지만 의외로 싸다. 한두 줄 인터뷰 내용이 들어가는 것이 아니라 기사 자체가 그 변호사를 소개하는 내용이고, 스튜디오에서 촬영한 프로필 사진이 크게 들어가 있다면 대개 기사를 가장한 광고다. 변호사 광고 규정 위반이지만 단속을 하지 않기 때문에 많이들 한다. 그런 광고 기사를 보고 변호사를 선택하였다면, 그 변호사는 의뢰인의 사건을 고민하고 서면을 한 장이라도 더 쓸 시간에 그 광고 기사를 작성하고 스튜디오에 가서 프로필 사진을 촬영하고 있었다고 생각하면 된다.

유명한 방송인이 진행하는 프로그램 출연 제의도 자주 받고 '소비자 만족도 대상' 제안도 많이 받는다. 나는 뉴스 인터뷰를 한 적도 많고 방송에 출연한 적도 있는데, 내가 출연료를 받고 나간 적은 많아도 돈을 내고 나간 적은 없다. 특히 이혼 분야는 취급하는 변호사들이 많아서인지 돈을 주면 방송에 출연시켜 주겠다는 제안을 굉장히 많이 받는다. '소비자 만족도 대상'은 대개 그럴듯한 이름을 가진 협회에서 '무슨 무슨 대상에 선정되셨습니다'라고 메일이나 우편을 보내오는데, 돈을 내면 표지를 쓸 수 있게 해준다. '만족도 대상', '만족도 1위' 같은 것은 돈만 있으면 한 50개쯤 받을 수 있다.

얼마 전에는 소위 '탐정사무소'로부터도 광고 제안을 받았다. 2020년부터 우리나라에서도 탐정업이 가능해졌는데, 어떠한 방법으로 일을 하는지는 모르겠다. 합법적으로 일을 한다면 보통 일반인도 할 수 있는 일이고, 만약 불법적으로 증거를 수집하였다면 형사 사건에서는 써먹을 수도 없다. 민사나 가사 사건에서는 쓸 수 있으나 상대방으로부터 고소를 당할 가능성이 높다. 대개 변호사보다는 일반인들이 이용할 것 같기는 한데, 광고에 '첫사랑을 찾아준다'고 하기에 흥미가 생기기는 했다.

대출을 알선해 준다는 제안도 받는다. 비싼 수임료를 당장 마련하지 못하는 의뢰인에게 대출을 해준다는 것이다. 그런데 사실 의뢰인에게 정말 돈이 없다면 소송구조 제도를 이용할 수 있다. 개인회생, 파산 사건을 취급하는 곳 중에서 대출 알선까지 해주는 경우를 보기는 했는데, 돈을 갚지 못해 회생 신청을 하는 사람에게 대출을 알선해 주는 것이 이치에 맞는 일인지 의문이다.

변호사로서 받는 수많은 제안과 광고들은 매우 유혹적이지만 대개 의뢰인에게는 좋지 않은 것들이다. 변호사도 많이 배출되고 업계의 경쟁이 치열해졌기 때문이기도 하지만, 사실 과거에 변호사가 많지 않았던 시절에도 과연 모든 변호사들이 정직하게만 일하였는지를 생각해 보면 꼭 그렇지도 않은 것 같다.

변호사로서는 창피한 말이지만 소비자가 속지 않고 좋은 변호사를 찾을 수 있는 방법이 무엇인지는 잘 모르겠다. 내가 변호사니까 주변의 좋은 변호사들을 많이 알고 있지만, 그 훌륭하고 좋은 변호사들이 인터넷으로는 검색이 잘 안 되니 참 갑갑한 노릇이다.

나쁜 사람을 변호한다는 것

직업의 숙명이라고 해야 할까, 나쁜 사람을 변호할 때가
있다.

의뢰가 들어오는 모든 사건을 꼭 수임할 필요는 없다.
변호사는 사건 의뢰가 들어오더라도 거절할 수 있어서 나
역시 모든 의뢰를 수임하지는 않고, 거절하는 사건도 꽤
많다. 수임 전 상담을 할 때에는 당연히 의뢰인의 일방적
인 주장만을 듣고 그것이 사실이라는 가정을 하게 된다.
그런데 실제로 수임하여 사건을 진행하다 보면 의뢰인으
로부터 들었던 이야기와 사건의 내용이 다를 때가 많다.
아니다. '다를 때가 많다'라기보다 '같은 때가 거의 없다'

라고 하는 쪽이 더 정확하다.

많은 의뢰인은 자신에게 유리해 보이는 일부 사실관계에 대해서만 말해준다. 변호사가 딱 그 얘기만 해주었으면 하는 기대가 있는 것 같다. 그런데 의뢰인이 말하지 않은 사실이 더 중요할 때가 많고, 사건을 수임해 한참 진행한 후에야 진실이 어느 정도라도 밝혀지는 때도 많다.

의뢰인이 거짓말을 했다면 그때라도 사임할 수 있기는 하나, 거짓말을 하였다는 것과 진실을 말하지 않았다는 것은 서로 다른 이야기다. 의뢰인이 진실을 말하지 않았다고 해서 사임하기에는 애매할 때가 많다. 의뢰인이 사실을 제대로 다 말해주지 않아 사임한다고 한다면 아마 수임 사건의 95% 정도는 사임했을 것이다.

나쁜 사람을 변호하게 되는 때는 크게 세 가지로 나뉜다. 나쁜 사람인지 모르고 수임하였을 때, 나쁜 사람인 것은 알았지만 자신이 한 일 이상으로 처벌을 받을 가능성이 있거나 손해배상 청구가 들어온 때, 나쁜 사람인 것은 알지만 수임료를 넉넉히 챙겨줄 때. 나는 세 번째 경우는 수임하지 않는다. 사건 하나 수임하지 않는다고 해서 생계가 곤란하지도 않고, 그런 사건을 수임하면 골치가 아프다. 그냥 상담 단계에서 "그 돈으로 피해자와 합의하세요"라고 하고 만다. 아마 대개의 변호사들이 그럴 것이다. 그렇게 한 번 '퇴짜'를 맞은 나쁜 사람은 그래도 결국에는 자신의 사건을 맡아줄 변호사를 찾아낸다.

의뢰인이 '나쁜 사람'인 줄 모르고 사건을 수임하였다가 소송이 계속되는 중에 뒤늦게 알게 되었다면 변호사도 입장이 참 곤란하다. 치열하게 공격할 수도 없고 제대로 방어하기도 어렵다. 의뢰인의 거짓말이 명백한 것이 아니면 사임하기도 곤란하니, 그저 상대방 변호사가 잘해주기를 바랄 수밖에 없다. 이러한 상황에서 상대방 변호사가 변변치 못해 나쁜 의뢰인에게 좋은 결과가 나오면 참 찜찜하다.

인터넷으로 뉴스를 보다 보면 나쁜 사람을 변호하는 변호사가 욕을 먹는 때가 많다. '저런 사람까지 변호를 해주느냐'는 식이다. 욕을 하는 심정은 이해하지만, 가해자를 제대로 처벌하려면 가해자 변호사의 역할도 중요하다. 사실관계는 수사를 하는 검사와 방어를 하는 변호사 사이의 공방에서 더 잘 드러나기 때문이다. 가해자에게 충분한 방어권을 주어서 더 이상 다른 소리를 하지 못할 정도로 사실관계를 확실히 하면, 그에 합당한 처벌을 깔끔히 내릴 수 있게 된다.

우리나라는 과거 수사기관에서 자백을 받아내기 위해 온갖 고문을 자행한 적이 있고, 죄 없는 사람에게 누명을 씌웠다가 나중에 결백이 드러나기도 했다. 고문을 해서 자백을 받았든 억울하게 누명을 씌웠든, 가해자로 지목된 사람은 여론의 뭇매를 맞았다. 지금도 고문까지는 아니더라도 수사 과정에서 부당하게 방어권을 보장받지 못하는 경우가 많다. 여론의 뭇매를 맞은 사람 중 결백한 사람도 꽤 있을 수 있다. 섣불리 가해자로 지목된 자와 그 변호사를 욕할 것이 아니라, 파렴치하고 엽기적인 범행을 한 가해자일수록 더더욱 철저하게 방어권을 보장해 주어야 한다.

사람들은 진실이 궁금한 것이 아니라 본인이 생각하는 진실대로 사건이 진행되지 않는 것에 불만을 가지는 것 같다. 그래서 A가 범인이 되어야 하는데 A를 변호하는 변호사가 방어를 잘해내면 그 변호사를 비난한다.

그런데 변호사는 검사와 같은 권한이 없어서, 그저 빨간펜 선생님처럼 검사의 공격에 대해 틀린 점을 지적할 수 있을 뿐이다. A가 진범이더라도 무죄 판결을 받은 이유는 수사기관이 제대로 수사를 하지 않았거나 처벌 규정

이 없기 때문이었을 것이다. 그렇다면 시민이 공권력이라
는 막강한 무기를 주었음에도 제대로 수사하지 못한 수사
기관과 처벌 규정을 제대로 만들어 내지 않은 국회를 비
난하는 게 맞지 않을까.

변호사가 교묘한 말과 법의 허점을 이용해서 승소하기
란 어렵다. '무죄추정의 원칙'은 이론으로만 존재할 뿐,
현실 세계에서는 '유죄추정의 원칙'이 적용된다. 유죄를
증명해야 할 책임은 검사에게 있지만 사실 경찰이나 검사
가 '고소를 당했으면 죄가 있을 것'이라는 편견을 가지고
수사하는 때도 많고, 판사 역시 '검사가 기소하였으면 죄
가 있을 것'이라는 편견을 가지고 재판을 하는 때가 많다.
그 와중에도 무죄가 나왔다면 변호사가 얍샵해서가 아니
라 수사와 기소가 잘못된 것이다.

그런데 요즘은 같은 변호사 편을 들어주고 싶어도 도저
히 들어줄 수 없는 때가 많아지고 있다. 변호사의 일은 남
들이 아무리 의뢰인을 비난하더라도 의뢰인의 편에 서서
법적으로 보장된 권리를 지켜주는 것이다. 의뢰인이 잘못
한 것이 있더라도 딱 잘못한 만큼에 대한 합당한 처벌을
받아야지, 잘못 이상의 처벌을 받아서는 안 되기 때문이

다. 그러나 딱 그 정도까지만 해야 하는 것이지, 의뢰인이 소송에서 이기게 하기 위하여 없는 진실을 만들어 내면 안 된다.

의뢰인이 거짓말을 하고 있는 것이 보이면 의뢰인을 설득해서 진실을 말하게끔 하는 것도 변호사의 역할인데, 의뢰인과 동조해서 거짓말을 하는 사람들이 있다. 소송에서 지더라도 변호사 입장에서는 그저 성공 보수를 받지 못할 뿐 손해를 입지는 않으니 굳이 나서서 거짓말을 할 필요는 없는데, 그 '선'을 지키지 않는 때가 점점 늘어나고 있는 느낌이다.

한번은 내 기존 의뢰인이 다른 사건을 부탁한 적이 있다. 그 의뢰인의 사건이 아니라 의뢰인이 사는 집 주인의 사건이었는데, 나는 나중에 혹시나 의뢰인과 집주인 사이에 분쟁이 생긴다면 어느 편도 들어주기 애매해질 수 있어서 수임을 거절하고 아는 변호사를 소개시켜 주었다. 얼마 후 의뢰인에게서 연락이 왔는데, 그 변호사가 소장을 이상하게 써 왔다는 것이다. 그래서 변호사에게 소장 내용이 사실과 다르다고 하자, 소송은 원래 그렇게 하는 거라고 대답했다고 한다. 소장을 받아 내용을 보니 과연 의뢰인 말대로 거짓이 많아서 그 변호사에게 전화하여 "나중에 분쟁의 소지가 있으니 불필요한 말을 빼달라" 라고 요청했다. 나는 수백 건의 사건을 하면서 승소를 위하여 거짓말을 한 적도 없고, 거짓말을 하라고 부추긴 적도 없다. 나와 오랫동안 거래를 한 의뢰인은 진실만으로도 소송에서 좋은 결과가 나온다는 것을 경험적으로 알기 때문에 다른 변호사가 거짓말을 써서 내려고 하자 오히려 불안해서 나에게 물어본 것이었다. 두 번 다시는 그 변호사를 다른 사람에게 소개시켜 주지 않을 생각이다.

나쁜 사람을 제대로 심판하기 위해서는 나쁜 사람에게 제대로 방어할 기회를 주어야 한다. 사실관계가 명확히 밝혀지지도 않은 상황에서 그저 여론으로 처벌을 한다면 가해자는 그저 '여론의 비난 때문에 졌다'라고 생각할 가능성이 크다. 천하에 둘도 없을 범죄자라면 그 분야의 전문성이 탁월한 변호인이 선임되어야 한다. 그래야 다른 말이 나오지 않는다.

사회적인 이슈가 되는 사건에서는 여론 때문에 사임하는 변호사들이 많다. 변호사가 여론 때문에 제대로 방어하지 못하고 판결이 선고된다면, 그 판결에는 정당성이 있다고 볼 수 없다. 그렇게 본다면 나쁜 사람을 변호하는 변호사를 비난하는 사람은, 결국 나쁜 사람에게 핑곗거리 하나를 더 주는 셈이 된다. 정말로 나쁜 사람이 제대로 처벌받기를 원한다면 수사기관에 수사를 제대로 할 것을, 국회에는 법을 제대로 만들 것을 촉구해야 한다. 수사 과정과 법이 제대로 될 때 가장 제대로 된 결과가 나올 수 있을 테니까.

그냥 평범한 일상

변호사의 하루가 어떻게 흘러가는지 잠시 살펴보자.

나는 보통 아침 8시쯤에 출근한다. 우리 사무실이 있는 건물에는 변호사나 법무사 사무실밖에 없는데, 보통은 내가 공동 현관 잠금장치를 열고 들어오니 다른 변호사보다 일찍 출근하는 편인 듯하다.

처음부터 일찍 출근한 것은 아니다. 서초동에서 고용변호사로 일할 때에는 9시 10분에서 15분 사이에 출근을 했다. 변호사들은 아무리 초짜를 고용하더라도 따로 방을 주는데, 직원들이 9시에 출근해 내 방에 들어와 인사를 하기도 그렇고 안 하기도 이상해서 서로 좀 어색해진다.

그래서 몇 번 시행착오 끝에 사무실 근처에서 아침에 커피 한잔을 하고 조금 늦게 출근을 하기로 했다. 사무실 문을 열고 출근해 있는 직원들에게 인사하고 내 방으로 들어가는 편이 자연스럽고 편하다. 직원이 많으면 이런 게 참 신경 쓰인다.

지금은 내가 먼저 출근해 사무실 커피를 타 마시고 뉴스를 보면서 그날 일정을 확인하다 보면 훌쩍 9시가 되어 직원이 출근한다. 오전에 타 지역 재판이 있을 때는 아예 법원으로 출근하기도 한다.

직원이 출근하면 진행 중인 사건을 검색하여 상대방이나 누군가가 제출한 서류가 있는지, 법원에서 내려온 서류가 있는지를 확인하여 카톡으로 알려준다.

우리 사무실에서는 구글 캘린더로 일정을 관리하고, 카카오워크로 할 일 리스트를 기록한다. 출근 전에 캘린더에 어떤 일정이 있는지를 확인하고, 할 일 리스트에서 오늘 해야 할 일을 체크해서 하루 일정을 대강 생각해 놓는다. 출근하면 상담 전화가 많이 오는데, 5통 중 2통 정도는 개인회생이나 공증 등 대부분 변호사 사무실에서는 취급하지 않는 사건이다. 다른 2통은 변호사를 선임하지 않겠지만 방문해서 상담비를 내기는 싫고, 공짜로 정보만

얻고 싶은데 국가나 지자체에서 운영하는 무료 법률 상담 전화는 이용하기 싫은 경우이다. 그런 전화는 "우선 전화로 상담을 해보고 결정하겠다"고 말하며, 대개 "다 이기게 해주겠다"고 말하는 브로커에게 속아 사건을 맡긴다. 나머지 1통 정도만 실제로 소송이 필요한 경우다. 소송이 필요한 경우에는 전화로만 상담하고 계약을 하는 경우는 별로 없고, 대개는 사무실에 방문해서 더 자세히 상담을 해본다.

내 경우는 보통 재판이 없는 날보다 있는 날이 더 많고, 있는 날에는 하루에 1~2건 정도가 보통이다. 많은 날에는 4~5건 정도 하기도 한다. 방문 상담은 하루에 1~2건, 전화 상담은 5~6건 정도다.

한번 상담을 한 사람들은 변호사가 자신의 사건을 기억할 것이라고 생각하지만, 수임까지 이어진 사건이 아니라면 기억이 나지 않는다. 하루에 5건 정도만 상담을 해도 1년이면 1,000건이 넘는 데다가, 사람들 사는 게 대체로 서로 비슷비슷하다. 나는 대개 에버노트에 전화번호와 함께 기록을 해놓는데, 그 메모를 보고 상담 내용을 떠올리기도 하지만 기억이 나지 않을 때도 있다.

재판과 상담을 하는 시간을 빼면 모두 기존 사건을 검

토하고 서면을 쓰고, 인터넷으로 판례를 검색하고, 기존 의뢰인에게 필요한 자료를 요청하는 데 시간을 보낸다. 변호사가 한 사건만 하는 것이 아니기 때문에 요청한 자료를 의뢰인이 그때그때 잘 갖다주면 사건도 의도한 대로 잘될 때가 많고, 제때에 주지 않으면 변호사도 잘 챙기지 못할 때가 많다.

의무적으로 봉사 활동도 해야 하기 때문에 한 달에 한 번씩 면사무소에 가서 무료 법률 상담을 하고, 또 의무적으로 전문 연수도 들어야 하기 때문에 이따금 온라인이나 오프라인 강의를 듣곤 한다.

재판을 갔다 오면 새롭게 해야 할 것들이 생기는데, 그날 바로 처리할 수 있으면 바로 처리하고 의뢰인에게 자료를 받아야 하면 말을 해놓는다. 나는 가급적 다음 재판 기일 2주 전에는 서류를 내려고 하는데, 이게 한번 어겨서 늦게 내기 시작하면 다른 사건 일정도 모두 꼬이게 된다. 가끔 재판 전날에서야 서류를 제출하는 변호사들이 있는데, 특별히 그 사건에서 시간을 끌기 위해 일부러 늦게 낸다기보다는 그냥 게을러서 일처리가 늦어 모든 사건을 그런 식으로 하는 경우가 대부분이다.

TV에서 보이는 것과 달리 변호사가 현장에 나가서 증

거를 수집하는 경우는 거의 없다. 나도 지금까지 한 번 정도밖에 없었는데, 그때는 현장 사진이 필요한데 의뢰인이 내가 원하는 대로 사진을 촬영해 오지 못했고 마침 현장이 법원 근처라서 겸사겸사 나갔었다. 의뢰인이 원한다면 출장을 가서 증거를 수집해 올 수는 있지만 당연히 비용이 발생하고, 그 비용이 얼마라고 안내하면 대개는 직접 수집을 해온다.

결과적으로 변호사는 대개 사무실에서 일을 하거나, 법원에 나가거나, 경찰서나 검찰청 등 수사기관에 가서 의뢰인과 함께 조사를 받는 일이 거의 전부다. 그래서 법원이나 수사기관에 가는 것이 아니면 대개 컴퓨터 앞에 앉아 있다.

의뢰인들은 젊은 사람도 많지만 연세가 있는 분이 더 많고, 만나서 이야기하는 때보다는 전화로 소통하는 때가 더 잦다. 그래서 큰 소리로 또박또박, 명확하게 말을 해야 하고 같은 말을 여러 번 반복할 때도 많다. 목을 많이 써서 목감기를 달고 산다.

퇴근은 일이 별로 없을 때는 7시, 보통은 8시에서 9시쯤 한다. 하루 근무시간은 12시간 정도로, 하루 종일 사건을 처리하다 보면 눈이 침침하고 기운이 빠진다. 고용 변호사로 일을 할 때에는 9시 전에 퇴근한 적이 별로 없었으니, 그래도 회사를 다닐 때보다는 일하는 시간은 줄어든 셈이다.

일을 하다 보면 사건을 하나라도 더 할까, 건강을 생각해서 적당히 수임을 할까, 아니면 변호사나 직원을 더 고용할까를 고민하게 된다. 내 경우는 차라리 사건을 덜 수임하는 쪽으로 결정했다. 그래서 의뢰인이 사건을 맡기겠다고 해도 돌려보내거나 그 분야를 나보다 더 잘할 수 있는 다른 변호사를 소개시켜 줄 때도 많다.

판사나 검사를 사적으로 만날 일은 없고, 어차피 사무실 근처에는 죄다 변호사들이어서 이따금 친한 변호사끼리 밥을 먹거나 커피 한잔을 할 때도 있다. 사건 이야기는 어디에서도 할 수 없고, 친한 친구에게 이런저런 힘든 일을 털어놓고 싶어도 일단 법률 용어 설명부터 해야 해서 피곤하다. 그래서 그냥 변호사끼리 만나면 서로 편하다.

이 글을 쓰는 오늘 하루를 생각해 보면 오늘은 내가 나가야 할 재판은 없었고 선고는 1건 있었는데, 판결을 선고할 때는 보통 변호사가 직접 나가지는 않으니까 직원이 나가서 선고를 듣고 왔다. 다행히도 우리 쪽 전부 승소 판결이었다. 그래서 여기에 쓸 수 있는 것이다.

오전에 상담 예약이 하나 있었고, 오후에는 이미 사건이 끝난 기존 의뢰인이 생각나서 들렀다며 박카스 한 상자를 주고 가셨다. 지금이 오후 5시인데 기록을 보니 총 15통의 전화가 왔다. 그중 7통은 기존 의뢰인이고, 나머지는 상담 전화와 내일 예약 전화였다. 2주 뒤에 있는 사건인데 어제부터 작성하던 서면을 마무리해서 의뢰인에게 확인받아 직원에게 넘겼고, 법원에서 보관금 낸 돈을 다 썼다고 연락을 받아 의뢰인에게 2만 원쯤만 법원 계좌로 입금해 달라고 하고서는 확인증을 제출했다. 그러고서 잠깐 시간이 남아 이 글을 쓰는 것이다. 저녁에는 이혼 사건 항소이유서 초안을 작성할 생각이다.

이 책의 초안을 쓰면서 변호사로서의 기쁘거나 보람되었던 일도 써보라는 조언을 들었다. 기억을 쥐어짜 내도 뭐가 있는지 생각이 나지 않았다. 승소하면 기쁘긴 한데, 1년에 70건을 수임했으면 67~68건은 승소여서 패소했을 때 타격이 훨씬 심하지 승소하였다고 기쁘기보다는 후속 조치를 뭘 해야 할까 생각할 때가 더 많다. 승소율이 높은 이유는 실력이 좋아서라기보다 패소할 사건은 처음부터 맡지 않았기 때문이다. 상담자에게 패소할 사건이라고 이야기하면 아예 사건을 맡기지 않는다.

　내 업무 스타일 때문에 경험이 별로 없을 수도 있겠다는 생각이 들어 변호사 동기 단체 카톡방에도 "변호사로서 기쁘거나 보람되었던 경험을 알려달라"고 올려보았다. 하나같이 "승소하였을 때" 또는 "열심히 해서 승소하였을 때", "패소할 줄 알았는데 승소하였을 때"라고 하였다. 사실 다들 특별한 경험은 없는 것이다.

　가만히 생각해 보면 변호사의 일이라는 것은 그냥 사무직 회사원과 별 차이가 없는 것도 같다. 주로 앉아서 컴퓨터 앞에서 일하고, 사실 의뢰인한테 엄청 친절하지도 않다. 사건을 맡겨주면 좋긴 한데, 막상 하려면 손이 잘 안 간다. 상사의 눈치는 보지 않지만 판사의 눈치를 봐야 한다. 내가 회사를 다닐 때 기쁘거나 보람되었던 일을 생각해 보면, 다 회사의 이익과 관련되어 있었다. 열심히 일해서 회사에 이익을 주어 빨리 승진했더니 기쁘긴 했다. 급여는 별로 안 올랐지만 불리는 호칭이 달라졌으니 말이다. 지금 생각해 보면 사원이 대리가 되었다고 특별히 다른 것도 없는데 말이다. 지금은 승소를 하면 금전적인 이익이 생기니까 더 기쁘기는 한데, '좋은 일을 했다'며 자랑할 일은 아닌 것 같다.

회사에서 시켜서 봉사 활동한 것을 어디에서 자랑하기 민망한 것처럼, 내가 했던 사건들 중에 공익적 요소가 있는 사건이 꽤 있기는 했지만 모두 그에 따른 대가를 받아서 자랑하기에는 애매하다. 보수를 지급한 사람이 사건의 당사자가 아니라 국가 기관일 때도, 시민 단체일 때도, 대학교일 때도 있었지만 보수를 받고 한 일을 거론하면서 공익 변호사 흉내를 내고 싶지는 않다.

그리고 보면 '직업'으로서의 변호사는 참 특별할 것이 없기는 하다.

우리 직원에게 갑질을 한다고?

한번은 손님이 찾아와서 직원에게 대뜸 "아가씨, 여기 커
피 좀 줘"라며 커피 심부름을 시킨 적이 있다. 아마 우리
직원을 커피나 타주는 사람으로 생각했던 것 같다. 이혼
사건이었는데 회사 사장이라고 했고, 나는 사건을 맡기
싫었다.

"사장님, 착수금을 한 5,000만 원에서 1억 정도로 하시
고, 성과 보수는 착수금에 따라 10~20% 사이로 조정해
드리겠습니다."

그러자 계약은 하고 싶은데 당장 아무것도 안 들고 왔
으니 집에 가서 입금해 주겠다고 하는 것이 아닌가. 나는

그런 말에 속아 넘어가기에는 사기꾼들을 너무 많이 상대했다.

"그냥 계약서 먼저 작성하고 오늘은 신용카드로 5,000만 원만 결제하고 가시죠."

"신용카드 한도가 될까 모르겠네……."

"에이, 사장님, 사업하시면서 그 정도 결제는 하시잖아요. 사장님 정도 규모의 이혼 사건인 데다가 제가 직접 하나하나 검토할 테니까 그 정도는 주셔야 합니다."

그 손님은 꼭 계약할 테니 다음에 연락을 주겠다고 하면서 상담료도 내지 않고 도망치듯 사무실을 나갔다. 사실 착수금 5,000만 원은 나로서는 받아본 역사가 없는 금액이다. 사장이랍시고 하도 허세를 부리기에 면박을 주기 위해 해본 말이었다.

변호사 사무실에는 사무직원이 있다. 여직원일 때가 더 많기는 하지만 딱히 성별에 구분을 두지는 않으며, 우리 사무실 역시 남직원을 고용하기도 하고 여직원을 고용하기도 한다.

사무실마다 분위기도 다르고 하는 일도 다르다. 보통 직원이 모두 출근하고 변호사가 좀 늦게 출근하는 때가 많지만, 우리 사무실에서는 내가 아침 8시쯤 출근하고 직원은 9시쯤 사무실로 나온다. 퇴근은 내가 보통 저녁 8시나 9시쯤, 직원은 6시에 나간다. 나는 회사에 다닐 때 상사보다 일찍 출근해서 상사보다 늦게 퇴근해야 하는 것이 항상 불만이었다. 그래서 우리 직원에게는 그렇게 하지 않는다. 정시 출근, 정시 퇴근이 원칙이다. 처음부터 오후 6시 정각에 퇴근하라고 시켰더니, 이제는 습관이 되어 정확히 6시에 퇴근한다. 나 역시 오후 5시 반이 넘어가면 일을 거의 시키지 않는다.

우리 사무실에는 없지만, 사무장이 있는 사무실도 있다. 사무장은 보통 사무실 내의 사무를 총괄하고 서면을 작성하는 소위 '내근 사무장'과 밖에 나가 영업을 해서 사건을 끌어오는 '외근 사무장'으로 나뉘는데, 내근 사무장은 월급을 주고 고용하는 때가 많고 외근 사무장은 사건 수임의 대가로 수임료의 일정 퍼센트를 나누기로 하는 등 불법으로 고용하는 때가 많다. 의뢰인이 외근 사무장과 계약을 하면 변호사에게 돌아오는 몫이 적기 때문에 수임료가 비싸질 수밖에 없다.

변호사 사무실의 사무직원은 협회에 사무직원으로 등록해야 하며, 등록을 하면 사무원증이 나온다. 아무나 채용할 수 없어서 변호사법에서 금지하는 결격 사유가 없어야 한다. 사무직원이 되기 위한 학원도 있다. 의뢰인 입장에서는 전화를 받고 손님이 오면 음료를 내오는 정도의 일만 하는 것처럼 보일 법도 하지만, 사실 사무직원이 없으면 사무실이 제대로 돌아가지 않는다.

사무직원은 변호사의 일정을 관리해 준다. 변호사 스스로 일정을 관리하기란 거의 불가능하기 때문이다. 한 달에 수십 개의 재판 일정이 잡히고, 그보다 훨씬 많은 수의 예약이 잡힌다. 새로 상담을 오는 손님도 있지만 기존 의뢰인도 예약을 하고 방문한다. 만약 이미 다른 일정이 있는 날에 재판 일정이 잡히면 상대방 변호사 사무실의 동의를 받아서 기일을 변경해 달라고 신청해야 한다. 그러면 법원에 먼저 전화하여 언제 재판이 있는지를 물어보고, 상대방 변호사 사무실에 연락하여 서로 가능한 시간을 조율한다.

일반 회사의 비서실에서 하는 일과도 비슷한 것 같기도 하고, 또 법에 대해서 꽤 많이 알아야 하기 때문에 간호사의 일과 비슷한 것 같기도 하다.

우리 직원은 법학사 학위를 가지고 있어 일반인보다 전문적인 법률 지식을 갖추고 있지만, 직원이 사무실에서 법률 상담을 하지는 않는다. 직원은 변호사가 쓴 서면을 적절히 가공하여 제출한다. 내용을 고치는 것이 아니라 오타를 확인하고, 잘못 계산된 수치를 바로 잡고, 법원에 제출하기 좋게 간단한 편집을 하는 것이다. 그 외에도 관공서에 가서 서류를 발급받거나, 법원에 가서 기록을 받아오기도 하고, 자료 정리하는 것을 보조하기도 한다.

변호사 사무실 사무직원의 업무는 일의 양이 많다기보다는 종류가 다양하고 용어가 어렵다. 그래서 아무것도 모르는 사람이 하기에는 어렵지만, 또 막상 여유 시간이 꽤 있기 때문에 틈틈이 자격증 공부도 할 수 있다.

변호사 사무실 직원의 좋은 점은 '을'로 대하는 사람이 별로 없다는 것이다. 직원에게 막 대하는 의뢰인에게 직접적으로 핀잔을 하는 경우는 많지 않으나, 대개 그러한 손님의 사건은 우리 사무실뿐만 아니라 웬만한 사무실에서는 수임하지 않는다. 직원에게 함부로 대하는 의뢰인의 사건은 대개 피곤해서 안 하는 편이 낫다. 직원을 함부로 대하는 사람은 사실 자기도 별 볼 일 없으면서 약자라고 생각하는 사람에게 허세를 부리는 때가 많다. 변호사 사무실에 와서 허세를 부려봤자 수임료만 더 달라고 할 뿐,

대우를 받지 못한다. 진짜 돈이 많은 사람이면 당사자의 비서나 직원이 찾아오지 본인이 직접 우리 사무실로 오지도 않는다.

나는 나한테 친절한 사람에게만 친절하고, 우리 직원은 오로지 내 업무를 도와주기 위하여 일을 하는 사람이지 손님의 일을 대신해 주는 사람이 아니다. 고용주가 아닌 손님이 직원에게 일을 시킬 수 없고, 예를 들면 '프린트를 해달라'는 정도의 '부탁'만 할 수 있을 뿐이다. 지금 있는 직원은 착해서 의뢰인의 부탁을 거의 다 들어주기는 하지만, 어디까지나 호의로 하는 일일 뿐이다.

다른 사무실은 다를 수도 있겠지만, 적어도 우리 사무실은 아무 때나 찾아와서 상담을 할 수도, 마음대로 사건을 의뢰할 수도 없다. 변호사가 언제 상담을 해줄지는 직원이 변호사의 스케줄을 보고 결정한다. 손님이 나에게 사건을 맡길지 다른 변호사에게 사건을 맡길지는 선택할 수 있겠지만, 나에게 사건을 맡기고 싶더라도 내가 맡겠다고 해야 위임할 수 있지 수임료를 낸다고 해서 다 사건을 맡길 수 있는 것은 아니다. 지금까지 내 사무실을 운영하면서 내가 손님에게 "이 사건은 안 하겠으니 나가라"고 한 적은 있지만, 사건을 맡겨달라며 솔깃한 말을 한 적은 없다.

다른 사무직원은 어떨지 모르겠지만 지금 우리 직원은 컴퓨터를 능숙하게 다뤄서 같이 일하기가 참 편하다. 사무실의 모든 서류를 전자로 보관하고 취급하기 때문에 컴퓨터에 능숙하지 않으면 일을 하기 어렵다. 가령 PDF 파일을 하나로 합치거나, 용량을 줄이거나, 여러 장으로 되어 있는 것을 분리하거나, 페이지 순서가 맞지 않은 것을 바로잡는 일을 어렵지 않게 해낸다. 사소하게 보이지만 잘할 줄 아는 사람이 드물다.

우리 직원은 전화 끊는 것도 잘한다. 나는 스팸 전화를 받아도 "지금 바쁘니까 나중에 얘기하세요"라고 말이라도 하고 끊을 타이밍이 되어야 끊는데, 우리 직원은 그냥 탁 끊어버린다. 우리 직원처럼 하는 것이 맞다. 스팸 전화를 받느라고 다른 전화를 놓칠 수도 있잖은가.

사실 우리 사무실에서 변호사와 직원은 서로 잘 안 만나는 사이다. 출근을 하면 나는 방 안에 들어가 있고 직원은 로비에 나와 있다. 가끔 지나갈 때 보고 밥 먹을 때 한 번 본다. 회식 같은 것은 해본 적도 없다. 나는 의뢰인이라도 자주 만나서 거의 매일 법원에 가지만, 직원은 꼼짝없이 사무실에만 있어야 하니 굉장히 심심할 것 같기는 하다.

어느 직업이나 마찬가지겠지만, 변호사 사무실 직원도
쉬운 일은 아니다.

판사도 줄임말을 쓴다

법정 방청석에 앉아서 앞 사건을 보며 내 순서를 기다리고 있었다. 눈치를 보니 앞 사건은 원고의 토지에 피고의 건물이 세워져 있어 원고가 건물 철거를 청구하는 것으로 보였다.

판사: 그래서 피고는 선의로 점유하였다고 주장하는 것인가요?

피고: 아니요. 선의라기보다 저희 할아버지 때부터 있던 건물을 저희가 물려받아서 쓰고 있던 겁니다.

사실 판사의 말과 피고의 말은 같은 의미이다.

나는 재판일에는 웬만하면 의뢰인 당사자도 출석을 하라고 한다. 변호사가 있으니 출석할 필요가 없다고 하면 꼭 의뢰인에게 뭔가 숨기는 것 같은 인상을 주기 때문이기도 하고, 당사자도 사건이 돌아가는 분위기를 파악하는 편이 좋기 때문이다. 그런데 막상 의뢰인이 법정에 출석해도 도대체 판사나 변호사들이 하는 말이 어떤 의미인지 모르겠다고 하는 때가 많다.

사회생활을 하는 사람이면 다 마찬가지겠지만, 서로 바쁘게 살다 보니 중·고등학교 친구들이나 대학교 친구들도 자주 만나지 못한다. 가끔 만나는 친구라면 대개 대학원 동기들이다. 평생을 서울과 부천에서 살다가 평택에 내려와 사무실을 개업한 지 6년이 되었는데, 나는 이 지역에 연고도 없어서 만날 사람도 별로 없다. 그러다 보니 사석에서 만나는 사람은 거의 대부분 변호사다. 대학원 동기들도 대개 변호사다.

다른 변호사들도 크게 다르지는 않을 것이어서 평소에 보는 사람들의 직업은 판사, 검사, 변호사가 아니면 사무장이나 직원 정도다. 그래서 평상시에 쓰는 어휘가 보통의 일반인과는 차이가 있다. '보통의 일반인'이라는 말도 판례에서 쓰는 관용어구다. 나는 '보통의 일반인'이라는 말이 마치 법률사무 종사자는 '특별'하다는 느낌을 줄 수 있다고 생각해서 법률 문서를 작성할 때가 아니면 보통 '이쪽 업계', '다른 업계'라고 한다. 나만 쓰는 말이지 이쪽 업계에서 통용되는 용어는 아니다.

요즘 청년들은 '버스카드충전'을 '버카충', '자연스러운 만남 추구'를 '자만추'라고 하는 식의 줄임말을 많이 쓴다는데, 이쪽 업계에서도 '줄임말'을 쓴다. 형사 사건에서 '폭력행위 등 처벌에 관한 법률'은 '폭처', '특정범죄가중처벌법'은 '특가'라고 한다. 검사장은 '사장님', '차장검사'는 '차장님', '부장검사'는 '부장님'이라고 부르는데, 일반 회사에서의 직급과 달리 차장님이 부장님보다 높다. '추정'이라고 하면 '추후지정'이라는 의미로, 법원에서 발송하는 공식 문서에서도 '추정'이라고 쓴다.

아주 널리 쓰이지는 않지만 '소유권이전등기'는 '소이등'이라고 한다. 다음이나 네이버에서는 되지 않으나 구글에서는 '소이등'으로 검색하면 알아서 '소유권이전등기'로 검색 결과가 나온다. 역시 구글 신이다.

줄임말이 아니라 일상적인 어휘인데 다른 뜻으로 쓰는 경우도 있다. 앞에서 언급한 상황처럼 '선의'라고 하면

'어떠한 사실을 모른다'라는 뜻이고, '악의'라고 하면 '어떠한 사실을 안다'라는 뜻이다. 착하고 나쁜 것과는 관계가 없다.

가령 대법원 판례(95다573)를 보면 "민법 제201조 제1항에 의하면, 선의의 점유자는 점유물의 과실을 취득한다고 규정하고 있고, 한편 토지를 사용함으로써 얻는 이득은 그 토지로 인한 과실과 동시할 것이므로, 선의의 점유자는 비록 법률상 원인 없이 타인의 토지를 점유사용하고 이로 말미암아 그에게 손해를 입혔다 하더라도 그 점유사용으로 인한 이득을 그 타인에게 반환할 의무는 없다"고 되어 있다. 이 알듯 모를 듯한 말의 의미는 '남의 땅인지 모르고 사용했으면 땅 주인에게 배상 안 해줘도 된다'라는 뜻이다.

변호사 없이 혼자 소장을 접수하려고 하면 일단 첫 부분에서부터 막힌다. 소장 양식을 보면 '청구취지'를 쓰고 그 밑에 '청구원인'을 쓰라고 하는데, 변호사에게 '청구취지'가 무엇이냐고 물으면 아마 대부분 대답하기 어려워할 것이다. 이쪽 업계에서 '청구취지'와 '청구원인'은 그저 공기와도 같은 존재여서, "청구취지가 뭐예요?"라고 물

으면 "공기가 뭐예요? 가스와 다른 건가요?"라는 질문을
받은 것처럼 "그냥 이거요"라고 대답하고 싶다.

이쪽 업계에서는 소송, 고소, 고발, 신고를 모두 명확하
게 구별해서 쓴다. 그래서 의뢰인이 "제가 고소장을 받았
는데요"라고 하면 굉장히 어색하다. 경찰청이나 검찰청에
서 근무하는 사람이 아니라면 고소장을 받는 경우는 없기
때문이다. "이러한 경우에 고소를 할 수 있나요?"라고 질
문하면 엉뚱하게도 "고소는 할 수 없고 고발은 가능합니
다"라는 답변을 들을 수도 있다.

'부당이득'이라는 말은 부당하게 이득을 얻었다는 것이
아니라 '법률상 원인 없이 남에게 손해를 주면서 얻은 이
득'을 말하는데, 부당이득의 반환을 청구하는 것과 손해
배상을 청구하는 것은 서로 다르다. 그래서 '상대방이 부
당하게 얻은 이익만큼의 손해를 보았으니 이를 배상해 달
라'라고 하면, 판사가 이게 부당이득의 반환 청구하는 것
인지 손해배상을 청구하는 것인지를 물을 수 있다.

이렇게 일반적으로 쓰는 말과 이쪽 업계에서 쓰는 말
이 다르기 때문에 서로 소통이 제대로 되지 않을 때가 많
다. 그래서 다른 업계 사람이 이쪽 업계의 말을 이해하려
고 인터넷을 찾아보곤 하는데, 그렇게 찾아본 답이 오히

려 더 이해하기 어렵기도 하다.

가령 '상속회복청구권'을 찾아보면 '상속권이 참칭상속
권자로 인하여 침해된 경우 상속권자 또는 그 법정대리인
이 그 침해의 회복을 위해 갖게 되는 청구권'이라고 나온
다. 그러면 또 '참칭상속권자'라는 말이 무슨 뜻인지 찾아
야 하는데, 인터넷에서 검색해 보면 참칭상속권자는 '상
속권이나 상속분이 없음에도 불구하고 상속인으로 신뢰
할 만한 외관을 갖추고 있거나 자기를 상속인이라고 주장
하여 상속재산의 전부 또는 일부를 점유하고 있는 사람'
이라고 하면서, '공동상속인도 참칭상속인이 될 수 있다'
고 나온다. 이걸 전공자나 변호사가 아니고서야 어떻게
이해하겠는가.

변호사들도 공부를 게을리하였다면 헷갈릴 수 있다. 실
제로 내가 피고1, 2를 대리한 사건에서 원고 변호사는 피
고3이 어머니가 돌아가시기 직전 통장에 있던 돈 수억 원
을 인출하여 형제자매들에게 나누어 주었는데, 피고1, 2
에게는 많이 나누어 주고 원고에게는 덜 주었다며 피고들
이 원고의 상속분을 침해하였다는 이유로 상속회복청구
를 해왔다. 이 사건에서 나는 "원고 주장대로라면 이 사
건은 무단인출을 이유로 하여 각 상속분만큼의 부당이득

의 반환 내지는 손해배상을 구하거나 가정법원에 상속재
산분할심판 청구를 해야지 상속회복청구의 대상이 아니
다"라고 주장했다. 첫 재판일에 판사는 원고측에 피고 주
장이 맞는 것 같으니 청구를 변경하거나 소 취하를 검토
해 보라고 이야기했고, 결국 원고는 소를 취하하고 가정
법원에 상속재산분할 심판청구를 하였다.

이쪽 업계의 말을 쓰다가 다른 업계의 말로 바꾸기는
쉽지 않다. 사실 대체할 다른 말이 떠오르지 않는다. 외국
어와 비슷하다. 나는 학부에서 중어중문학을 전공하였는
데, 중국어와 우리말이 일대일로 치환이 잘 안 될 때가 종
종 있다.

얼마 전에 단어 하나가 기억이 나지 않아 지인에게 "예
를 들어 여행 성수기 때 비행기 표 구하기 힘들어지는 것
을 중국어에서는 '비행기 표가 긴장된다'고 하는데, 우리
말로는 뭐라고 하냐?"고 물어본 적이 있다. 사실 아직도
잘 모르겠다. '부족하다'라는 말로는 잘 표현이 되지 않는
느낌이다. 사실 중국 동포들도 열이면 열 '비행기 표가 긴
장된다'고 하지 '부족하다'고 하지는 않는다.

이쪽 업계에 있으면서 다른 업계와 소통하는 법은 아직

도 잘 모르겠다. 어떤 사람은 '의뢰인은 변호사가 더 어렵게 말하는 것을 좋아한다'고도 하고, 사실 이쪽 업계에서 통용되는 말로 설명을 하면 대개 추가 질문이 안 들어와서 좋기는 하다. 그래도 이쪽은 서비스업인데 그러면 안 될 것 같다. 한국어를 더 배워야겠다.

방송에 나가본 썰

변호사로서의 내 첫 직장은 시민 단체였다. 덕분에 TV나 신문, 라디오, 팟캐스트 등 언론 매체 인터뷰를 많이 했고 직접 출연도 몇 번 하였다.

인터뷰는 보통 전화로 할 때도 있고 현장에 나와서 할 때도 있는데, 그날 뉴스는 당연히 그날 찍어야 하고 목소리만 나올 때에도 그날 녹음을 해야 하기 때문에 좀 바쁘다. 충분한 법률 검토를 하지 못하고 상식적이고 일반적인 말을 할 때가 많다. 분량의 한계도 있어서 하고 싶은 말을 다 할 수도 없다. 그래서 틀린 사실을 말한 적은 없지만, 그렇다고 깊은 법률적 검토를 거친 의견을 말한 적도 없는 것 같다. 결국 누구나 할 수 있는 상식적인 이야기가 변호사의 입을 거쳐 나갔을 뿐이다.

목소리를 딸 때에는 보통 기자가 묻고 싶은 것을 물어보다가 "지금부터 녹음을 하겠습니다"라고 말하고 녹음을 할 때가 많고, 가끔 기자와 대화하던 것이 의미가 있던 경우에는 그냥 그걸로 쓰겠다고 할 때도 있다. TV 인터뷰는 대개 서둘러 약속을 잡고 사무실에 두어 분이 함께 와서 촬영을 하는데, 대본은 없지만 어떠한 말을 해달라고 사전에 약속할 때가 많다. 더 급하면 그냥 전화로 목소리만 따고 사진을 따로 보내줄 때도 있다.

평소 연구를 많이 해본 이슈보다는 대개 그날그날 사람들이 관심이 있었던 꼭지에 대해 인터뷰를 하기 때문에 누구나 할 수 있는 말을 하는 것이 전부지만, 그래도 '시민단체 변호사'가 하는 말이라서 뉴스에 들어가기 적당하다고 생각한 것 같다.

시사프로그램에 나가는 경우에는 사전에 작가와 대본을 맞춰보기는 하지만, 충분한 시간이 있는 것은 아니라서 질문이 바뀌기도 하고 대답을 바꿔야 할 때도 많다. 스튜디오에 보고 읽을 수 있는 프롬프터가 있기는 하지만 그대로 대답하지 못할 때가 많다. 할 말이 많기보다는 생각이 안 날 때가 많아서 방송 시간이 종종 남는데, 그럴 때는 사회자와 의미 없는 말을 주고받기도 한다.

예전에 '가짜 백수오' 사건이 터졌을 때 인터뷰를 많이 했다. 백수오라고 판매했던 제품이 사실은 생김새만 비슷한 '이엽우피소'라는 식물이었는데, 이엽우피소는 안정성이 입증되지 않아 식품으로 유통할 수 없다. 지우개를 과자라고 속여 판 것과 비슷한 상황이었다.

당시 홈쇼핑에서 굉장히 많이 판매되었던 제품이어서 연일 이슈가 되었다. 처음에는 책임을 회피하던 대기업에서도 결국 기업의 책임을 운운하며 '일부만 남아 있어도 환불을 해주겠다'라고 했다. 그런데 이는 환불이 아니라 손해배상의 문제라서, '얼마를 환불해 줄 것인가'가 아니라 '어떻게 손해를 배상해 줄 것인가'가 문제인 사건이었다. 판매 회사는 대기업이면서도 제품 검수에 심각한 문제를 일으켰던 것이다.

방송에는 별로 안 나갔지만 시민 단체와 홈쇼핑사들 사이의 회의도 있었는데, 그 자리에서도 나는 "다들 사내 변호사가 있으니까 알고 있을 것 아니냐"고 말하며, "이 자리에서는 환불을 얘기할 것이 아니라 어떻게 배상을 해

줄 것이냐를 말해야 한다"고 하였다. 당연한 주장이지만 언론에는 많이 나오지 못하였다. 아무래도 상대방이 대기업이라서 그랬던 것 같다. 단체소송이라도 했어야 했는데, 단체의 사정도 좋지 않았고 나도 이직을 하였기 때문에 못내 아쉬움이 남는다.

드라마에 출연한 적도 딱 한 번 있다. 픽션이지만 논픽션처럼 보이게 연출하는 소위 '모큐 드라마'였다. 작가가 대본을 주지는 않았지만 상황은 주었고, 그에 맞춰서 내가 대본을 써서 작가에게 보여주고 특별한 연습 없이 촬영을 했다.

드라마의 내용은 산부인과에서 아이가 바뀌어 실제 낳은 부모와 기른 부모 중 누가 부모인지를 다투는 것이었다. 나는 "우리 대법원에서는……"이라는 대사를 읊으며 이런저런 법적 근거를 들어 법원에서는 '기른 부모'가 부모라고 인정하였다고 '연기'했다. 픽션이기 때문에 물론 실제가 아니라 가상으로 만든 사례였다. 촬영할 때는 몰랐는데 막상 방송 화면을 보니까 진짜 인터뷰처럼 찍어놔서 오해의 소지가 있어 보였다. 중간에 자막이라도 한 번 더 넣어주었으면 하는 바람이 들었지만 '연기자'에 불과한 내가 관여할 수 있는 부분이 아니었다.

이 사례는 사실 우리나라가 아닌 일본의 사례였다. 사실관계를 우리나라 상황에 맞게 약간 각색하기는 하였지만 중요한 사실관계는 실제 사건과 비슷했다. 실제로 일본최고재판소에서는 '낳은 부모'가 아니라 '기른 부모'를 부모로 인정하였는데, 우리나라 민법과 일본의 민법은 내용이 거의 같아서 같은 사례가 우리나라에서 발생했다면 같은 판단을 하였을 가능성이 높기는 하다. 다만 우리나라 법원은 외국에 비해 판단이 매우 빠르기는 하지만 그만큼 깊은 법률적 통찰과 연구를 거친 판단인지, 아니면 그저 재판연구관 개인의 취향에 따른 판단인지 의문이어서 실제 결과가 어떻게 나올지는 모르겠다.

저때 촬영한 이후로 드라마는 찍지 않았고, 앞으로도 찍지 않으려고 한다. 방송이 된 이후 딱 한 번 전화를 받았는데, 자신도 비슷한 사례라면서 해결 방법을 물었다. 사연을 들어보니 사실 비슷한 사례도 아니었는데 '아무리 드라마라도 변호사가 말하니까 진짜라고 생각할 수도 있겠다'라는 생각이 들어 차라리 출연을 거절하는 것이 어땠을까 하는 후회가 들었다.

어느 정도 경력이 있는 변호사라면 아직 판결이 나오지 않은 사건에 대해 확답을 하지 않는다. 소송을 하다 보면 의뢰인이 말해주지 않았거나 상대방이 주장하지 않은 중요한 사실관계가 밝혀질 때도 있고, 검토 단계에서는 잘 알지 못했던 법률 조항이 나올 때도 있다. 그래서 어쩔 수 없이 모호하게 대답하지만 방송에서는 모호하게 대답하는 것을 싫어한다. 정보로서의 가치가 떨어지기 때문일 것이다. 그렇지만 확실하게 대답할 수 있는 것은 이론적인 내용이거나 누구나 알 수 있는 상식 정도에 불과하다. 그래서 방송에서는 '이 경우에는 A에게 손해를 배상할 책임이 있습니다'까지만 말하지 '이 경우에는 A에게 3,000만 원을 지급해야 합니다'라고는 하지 않는다.

그런데 요즘 방송이나 유튜브에 가끔 변호사가 나와서 '과실 비율이 몇 대 몇'이라고 하거나 '얼마의 위자료를 지급해야 한다'고 말하는 것을 보곤 한다. 보는 사람 입장에서야 짧은 시간 안에 확실한 결론을 볼 수 있어서 좋겠지만, 이쪽 업계에 있는 사람의 입장에서는 '저래도 되나?'라는 생각이 들 때가 많다. 소송은 짧아도 수개월이 걸리지만 방송은 한 꼭지에 겨우 몇 분 정도에 불과한데, 그 짧은 시간 내에 복잡하고 지루한 사실관계를 일일이

나열할 수도 없다. 방송에서는 겨우 블랙박스 영상 하나나 짧은 드라마 한 편을 보여주고 결론을 내리지만, 실제 소송에서는 그보다 더 많고 복잡한 사실관계를 정리하고 법리에 관한 주장이 오고 가야만 결론을 내릴 수 있다.

예전에 배상금이 수백만 원도 인정되기 어려운 상황에서 수억 원을 청구당한 사건을 의뢰받은 적이 있다. 청구를 한 원고 쪽을 대리하는 변호사는 경험이 부족한지 아니면 그냥 의뢰인이 시키는 대로 하는지 무리한 주장을 하였고, 증거가 조작되었다는 것을 맨눈으로 쉽게 알 수 있는데도 검토도 하지 않고 제출하였다. 결국 원고가 패소하여 오히려 피고에게 꽤 큰 액수의 소송 비용을 물어 주어야 하는 상황이 되었다.

그 변호사는 이후 방송에 자주 나오게 되었는데, 유명인 사건에 관하여 '공익 변호사'인 것으로 회자되었다. 그런데 그 변호사는 방송에서 의뢰인에게 불리할 수도 있는 발언을 아무렇지도 않게 하고 있었다.

변호사에게는 의뢰인의 비밀을 유지해야 할 의무가 있다. 의뢰인에게 공개해도 된다는 허락을 받았다고 하더라도, 비밀 공개가 의뢰인에게 유리한 일인지도 생각해 보아야 한다. 강제수사 권한도 없는 변호사가 의뢰인의 일방적인 주장만 듣고 그것을 사실이라고 단정해 쉽게 공개를 결정해서도 안 된다. 상대방이 누명을 쓸 가능성도 있기 때문이다.

변호사가 공개의 필요성이 있다고 생각하였다면 의뢰인을 설득하여 의뢰인이 직접 공개하도록 하면서 '이러이러한 말을 하지 말라'거나 '이러이러한 정보는 공개하지 말라'고 조언을 주는 정도에 그쳤어야 할 것이다. 자기의 비밀 정보를 모두 알고 있는 변호사가 언론에 공개하고 싶다고 하였을 때 쉽게 거절할 수 있는 의뢰인이 얼마나 있을까.

아직 종결되지 않은 사건이라면 비밀 공개가 사건에서 어떠한 영향을 줄 수 있을지도 고민해 보아야 한다. 상대방은 의뢰인이 어떠한 정보를 가지고 있는지 매우 알고 싶어 한다. 소송의 상대방이 어떠한 정보까지 가지고 있는지를 알고 있다면 그에 맞추어 대책을 세울 수 있기 때문이다. 반대로 상대방이 어떤 증거를 가지고 있는지를 모른다면 모든 가능성을 열어놓고 생각해야 하기 때문에 불안할 수밖에 없다.

사실 그 사건은 그저 유명인의 지저분한 사생활이라 대중의 호기심은 불러일으킬 수 있겠지만 공익적 필요가 있는지도 의문인 사건이었다. 그것도 나름의 영업 방식이라고 인정할 수는 있겠지만, 그 변호사가 과연 의뢰인의 비밀을 어느 정도까지 무게감을 가지고 생각하였고 그 일을 폭로하는 것이 오로지 '의뢰인'에게 유리한 것이었는지는 의문이다.

나도 방송에 꽤 나갔지만 방송에서 변호사를 부르는 이유는 변호사의 말이 가지는 힘과 무게감 때문이다. 사람들은 변호사나 의사 출신 정치인의 말은 잘 믿지 않아도, 현직 변호사나 의사의 말에는 전문가의 식견이 있을 것이라고 생각한다. 그런데 정말 식견이 있는 변호사라면 종결되지 않았거나 사실관계가 분명하게 밝혀지지 않은 사건에 대해서는 함부로 말하지 않는다. 그래서 만약 방송에서 확신을 가지고 말하는 변호사가 있다면, 사실은 그저 자신의 욕심 때문에 방송을 하는 것은 아닌지 직업 윤리나 법률가로서의 전문성을 의심해 보아야 한다.

내가 방송에 나가는 경험 자체는 참 재미있는데, 시청자에게도 영양가가 있을지는 모르겠다.

변호사 vs 검사 vs 판사

얼마 전 동네 미용실을 갔다가 "변호사는 검사랑 정말 싸우나요?"라는 질문을 받았다. TV에서는 그렇게 보인다는 것이다. 주변이 다 변호사인지라 다른 업계에서 그렇게 보이리라고는 생각하지 못했다.

변호사는 검사와 싸우지 않는다. 싸우기는커녕 '검사님 말씀'을 경청하고 받아 적는다. 고소인이나 피해자를 대리할 때에는 사실관계를 검사가 이해하기 편하도록 도와주기도 하고, 피의자 쪽의 변호를 할 때에는 의뢰인의 억울한 사정을 '서면으로' 정리해서 제출하기도 하고, 같이 반성하기도 하고, 검사의 눈치를 보고 오히려 의뢰인을 설득하기도 한다.

검사는 피의자를 기소하여 범죄에 합당한 벌을 받게 하는 역할을 하기도 하지만, 반대로 고소를 당한 억울한 사람을 기소하지 않게도 한다. 그래서 변호사와 항상 대척점에 있다고 볼 수는 없다.

같은 지역에 있으면 서로 볼 일이 많겠지만, 나는 형사사건을 많이 하지 않기 때문에 우리 지역의 검사와 서로 안면이 없다. 지금 하고 있는 형사 사건의 경우에도 피해자 쪽 대리를 하면서 검사나 수사관이 필요하다는 자료를 정리해서 보내주기도 하고, 내가 생각하는 법리나 사실관계에 대한 의견을 말하기도 하고, 검사가 생각하는 수사의 방향에 대해 이야기하기도 하는데, 형사 사건을 잘 맡지 않는 내가 굳이 맡았을 정도로 워낙 복잡하고 어려운 사건이어서 죄의 유무와 관계없이 사건을 마무리하려면 변호사가 도와주어야 할 일이 많다.

변호사와 판사의 사이도 그다지 나쁘지 않다. 좋지도 않지만 나쁠 이유도 없다. 서울과 달리 지방에 있다 보면 같은 지역 사건을 많이 하니 자연스럽게 서로 안면이 있으나, 법정 외에서는 사적으로 만날 일이 없어서 그냥 딱 이름과 얼굴만 아는 정도다.

나는 주로 회사나 부동산 관련 민사 사건과 가사 사건을 많이 맡는데, 다른 변호사들에 비해 가사 사건 비중이 높고 사무실이 평택에 있다 보니 가정법원 판사와는 법정에서 참 자주 보게 된다. 같은 판사와 사건을 많이 한다고 해서 잘 봐주는 것도 없고, 거꾸로 편하게 생각하고 쉽게 불이익을 주는 경우도 별로 없다.

사적인 자리에서 만나는 판사는 그저 직업이 판사인 내 지인이고, 내 사건을 담당하고 있는 판사와는 사적인 자리에서 만난 적이 없다. 길거리에서 마주치면 그냥 지나가기 뭣하니 서로 인사만 하는 정도다.

종종 판사와 가까우면 이익을 볼 부분이 있을 것이라고 짐작하는데, 꼭 그렇지도 않다. 판사도 사람이다 보니 친한 사람에게 편의를 봐줄 수도 있겠지만, 반대로 부담 없이 패소 판결을 내릴 수도 있다.

사람들이 말하는 '전관예우'는 존재한다. '전관예우'가 없다고 하는 변호사가 있다면 그 사람이 전관일 가능성이 높다. 예우를 받지 않았던 적이 없으니 잘 모르는 것이다. 그런데 '전관예우' 때문에 승소할 사건을 패소하거나 패소할 사건을 승소하지는 않는다. 다만 가끔 상대방의 편의를 너무 봐준다는 느낌이 들 때 전관예우를 의심한다. 가령 보통은 잘 받아주지 않던 증거신청을 받아준다거나, 변호사가 기초적인 법리에 맞지 않는 주장을 하고 있는데 굳이 그것을 듣고 있다거나 하는 식이다.

예전에 금액으로는 꽤 큰 부동산 사건을 하나 수임한 적이 있는데, 우리가 원고였고 상대방인 피고 측에서는 오랫동안 판사를 하다가 퇴임한 지 얼마 되지 않은 소위 전관 변호사 한 명과 비슷한 경력의 변호사 두 명을 더 선임하였다. 굳이 따지자면 1대 3의 싸움이었지만 1심에서는 원고가 승소하였다. 나는 딱 1심까지만 하고 항소심부터는 개인 사정상 다른 변호사에게 맡겨달라고 하였는데, 대법원까지 올라갔다가 결과적으로는 원고 패소 판결로 확정되었다. 내가 했던 1심만 승소한 것이다. 결과만 가지고 따지면 사실 원고가 패소하고 피고가 승소할 사건이었는데, 피고가 선임한 전관 변호사가 1심에서 패소했던 것이다.

또 다른 사건에서 내가 수임한 사건 상대방이 1심에서 패소하자, 그 상대방 변호사는 항소이유서에서 '외부의 개입 없이는 그런 판결이 나올 수 없다'며 소위 '전관예우'가 있었음을 암시하는 주장을 하였다. 그런데 사실 그 변호사는 나보다 경력이 20년은 더 있는 분이었고, 내가 그냥 평범한 회사원 출신이라는 것은 인터넷을 찾아보아도 쉽게 알 수 있다. 그 사건에서 예우가 있었다면 나보다는 그 변호사가 받았을 가능성이 더 높지 않겠는가. 아마도 승소를 장담하였다가 패소하니까 '의뢰인에게 보여주기용'으로 주장하는 듯했다.

이렇게 패소하면 '전관예우'가 있었다고 변명을 하는 사람들이 종종 있어서 전관예우에 대한 불필요한 환상이 생긴 게 아닌가 싶다. 전관예우가 승패에 영향을 준다고 생각하니 더 큰 돈을 들여 전관 변호사에게 사건을 수임하는 것이다. 그런데 다른 사건은 어떨지 몰라도 내가 했던 사건들은 그저 승소할 사건은 승소하고 패소할 사건은 패소했으며, 승소할 사건인데 1심에서 패소하였으면 항소심에서 승패가 바뀌었다.

나는 대부분의 판사는 양심에 따라 판결을 내리고 있다고 생각한다. 다만 그 '양심'의 기준이 정해져 있는 것은 아니라서, 어떤 판사의 양심은 다른 여러 사람이 생각하는 양심과 다른 것 같기도 하다.

TV나 영화를 보면 보통 판사는 나이가 많고 검사나 변호사는 젊은데, 실제 법정에서는 판사와 검사가 젊고 변호사 나이가 많은 경우가 더 많다. 판사나 검사직을 수행하다가 그만두고 변호사로 전업하는 경우는 많지만, 변호사를 오래 하다가 판사나 검사직으로 옮기는 경우는 우리나라에서는 별로 없기 때문이다.

판사나 검사라는 직업이 가지고 있는 장점은 상당하나, 그 직업을 얻기까지 투자한 노력과 일하는 시간에 비해 소득은 적은 편이다. 특히 우리나라처럼 검사나 판사에게 평생의 삶을 보장해 주지 않는 제도에서는 직업에 대한 사명감 없이는 오랫동안 판사나 검사직을 지속하기가 어렵다.

비유를 하자면 변호사는 대기업에 납품을 하는 중소기업 사장, 검사는 납품을 받는 대기업의 대리나 과장쯤 되는 것 같다. 대기업 과장이 '갑'의 위치에 있기는 하지만 거래처에서 납품을 끊어버리면 자신도 곤란하니 함부로 대하기에는 애매하다. 판사는 담당 공무원의 위치와 비슷하다. 사업을 하면서 공무원의 눈치는 보지만, 잘못한 게 없으면 특별히 잘 보일 필요도 없다.

굳이 따지자면 검사와 판사, 변호사는 서로 애증의 관계라고 할 수 있다. 서로에게 짜증 낼 때가 더 많기는 하

지만, 그래도 서로서로 도움을 받아야 할 때도 많으니까
말이다.

어쩌면 키보드 배틀러일지도

얼마 전 TV에서 법학전문대학원을 다룬 드라마를 한 적이 있다. 민망해서 보지는 않았지만, 필시 실제 생활보다 훨씬 드라마틱한 나날이 펼쳐졌을 것이다. 법학전문대학원의 생활은 매우 단조롭다. 기숙사 생활을 많이들 하는데 아침에 일어나 정해진 자리로 가서 공부를 하다가 수업 때가 되면 수업을 듣고, 밥때가 되면 밥을 먹고, 다시 공부를 하고, 시험을 치고, 가끔 수다를 떨다가 저녁이 되면 또 밥을 먹고, 다시 공부를 하다가 기숙사로 들어가 잠을 잔다. 이따금 저녁에 술을 마시기도 하고 교수님께 얻어먹기도 한다. 재미있는 일이 참 많기는 한데 기본적으

로 삶의 중심이 공부에 있다 보니 흥미진진한 일상은 아
니다.

대학원을 다니던 즈음 나에게 일어났던 가장 드라마틱
한 사건은 변호사 시험이 끝나고 혼자서 유럽 여행을 갔
다가 독일 하이델베르크 길거리에서 대학원 동기를 만난
일이다. 서로 연락도 없었는데 우연히 만났으니, 드라마
에 나왔으면 말도 안 되는 이야기라며 욕을 먹을 법한 일
이라고 신기하게 생각했더랬다.

실제 현실과 드라마의 현실이 다르듯, 드라마 속 재판
도 실제와 많이 다르다. 요 몇 년 사이 방영한 〈스카이 캐
슬〉, 〈펜트하우스〉, 〈마인〉 같은 드라마에서는 법정 장면
이 종종 등장하는데, 실제 재판과는 사뭇 다른 모습을 보
인다.

〈스카이 캐슬〉에서 이혼 재판이 벌어지는 장소는 법정
도 아니다. 당사자 앞에 앉아 있는 사람이 누구인지도 모
르겠고, 왜 뿅 망치 같은 것을 두드리는지도 알 수 없다.
심지어 법정도 아닌 곳에서 난데없이 판결이 내려진다.

〈펜트하우스〉에서는 형사재판 과정 중 변호인에게 사전
에 보여주지도 않고 법정에서 증거를 제시하는 장면이 나

온다. 현실에서는 상상조차 할 수 없는 상황이다. 검사와 변호인은 갑자기 자리에서 일어나 법정을 방황하고, 판사는 공판 도중에 난데없이 선고를 한다. 대체 무슨 상황인지 모르겠다.

〈마인〉의 법정 장면은 첫 장면부터 잘못 연출된다. 드라마와 같은 상황에서는 비공개 재판이 원칙인데 방청석에 기자를 비롯한 방청객이 가득하다. 그 상황에서는 '기각'이 아니라 '각하'가 되어야 하며, 사실 드라마와 같은 극적인 판결 장면이 연출되지도 않는다. 별도의 선고 절차가 없어서 그냥 법원에서 변호사 사무실로 결정문을 보내주면 그걸로 끝이다.

드라마 중에서 실제 재판 장면을 그나마 비슷하게 다룬 경우는 〈로맨스 특별법〉이라는 작품이 있다. 법원에서 자문을 많이 해줬는지 드라마가 방영될 때 법원에 포스터가 걸리기도 했다. 실제를 반영하니 재미가 덜하여 사람들의 뜨거운 관심은 받지 못했다는 치명적인 단점이 있다.

의뢰인 입장에서는 소송을 해본 적도 별로 없고 법원에 갈 일도 없으니 영화나 드라마를 보고 실제 재판도 그러할 것이라고 생각한다. 당연한 일이다. 드라마를 제작하면서 최소한 인터넷 검색이라도 하고 유튜브로 실제 재판 장면을 한 번이라도 보았으면 엉뚱한 장면이 좀 덜 나왔을 텐데, 아직까지 우리나라의 콘텐츠 제작 환경은 작가가 법정 신까지 일일이 확인할 정도로 여유 있지는 않은 듯하다.

형사 재판이건 민사 재판이건 변호사나 검사가 자리에서 일어나 법정을 돌아다닐 일은 없다. 애초에 법정 구조상 가능할 것 같지도 않다.

민사 사건을 예로 들면 실제 재판은 이런 식이다.

판사: 2022가단12345 원고 김OO, 피고 이OO.

원고 변호사: 원고 대리인 OOO 변호사입니다.

피고 변호사: 피고 대리인 OOO 변호사입니다.

판사: 원고 소장 진술하시고, 피고 답변서 진술하시고, 원고 6월 8일자 준비서면하고 서증 갑 제1호증부터 6호증까지…… 피고 6월 15일자 준비서면하고, 서증 을 제1호증부터 3호증까지 진술하시고…… 원고, 피고 준비서면은 받으셨죠?

원고 변호사: 네. 확인은 했는데, 결국 피고 주장을 보니 감정을 해야 할 것 같습니다.

판사: 네, 그럼 원고는 감정신청서 제출해 주시고, 두 달 정도면 되

겠죠? 8월 19일 오후 3시 어떻습니까?

원고 변호사: 괜찮습니다.

피고 변호사: 그날 수원에서 재판이 있어서…….

판사: 그럼 8월 26일 오후 2시는요?

피고 변호사: 괜찮습니다.

판사: 원고는요?

원고 변호사 : 저도 괜찮습니다.

판사: 그럼 8월 26일 오후 2시에 속행하겠습니다. 돌아가시고요.

방청을 해보면 알겠지만 양쪽 모두 변호사가 있는 경우에는 군더더기 없이 이런 식으로 재판이 끝날 때가 많다. 그냥 할 일을 정하고 다음 일정을 잡는 것이다. 판사 수가 적고 한 사건에 할당된 시간이 얼마 없다 보니 실제로는 모두 서면으로 제출하고, 법정에 가서는 그냥 판사가 궁금한 점을 확인하거나 추가로 입증이 필요한 부분에 관해서 입증을 촉구하고 다음 일정을 잡는다. 변호사들의 재판 일정이 많아서 가만 보면 다음 일정 잡는 데 시간이 더 오래 걸리는 경우가 많다. 검사든 변호사든 서류를 흔들면서 돌아다니는 모습은 상상도 해본 적이 없어서, 그러한 일이 발생하면 어떻게 될지도 잘 모르겠다.

드라마에서는 재판 도중 갑자기 방청석이나 법정 밖에 있던 증인이 등장하기도 하나, 실제 재판에서는 증인을 미리 신청해야 한다. 판사가 증인을 채택할지 여부를 결정하면, 증인을 신청한 쪽에서 어떠한 질문을 할지 미리 제출해서 상대방에게 통지한다. 드라마에서처럼 방청석에 있던 사람이 갑자기 소리라도 지르면서 뛰쳐나오면 보통 경위에게 제지당한다.

드라마에서는 거짓말을 하는 증인에게 변호사가 손에 들고 있던 결정적인 증거를 보여주며 추궁하는 경우를 보곤 하는데, 실제로는 불가능하다. 증거가 사전에 상대방에게 송달되지 않았으면 상대방의 동의를 받지 못한 이상 당일에 증인에게 보여줄 수 있는 방법은 없다.

재판, 즉 변론기일에 바로 선고를 하는 경우는 소액사건이나 사전처분 사건처럼 특이한 경우이다. 판사도 검토할 시간이 필요하니 당연하다.

'판사봉'이라고도 부르는 나무로 된 뿅 망치 같은 것도 없어진 지 오래되었다. '무슨 법 몇 조 몇 항'이라는 말도 잘 하지 않는다. 서로 다 알고 있는 데다가 법정에서 말로 한다고 하여 찾아볼 방법도 마땅치 않다.

우리나라 법정 장면을 다룬 대개의 드라마의 가장 큰

문제점은 애초에 그곳이 한국 법정이 아니라는 것이다. 아마 미국 법정 드라마를 많이 참고한 것 같은데, 미국에서 재판을 해본 적이 없어서 실제로도 그렇게 드라마틱한지는 잘 모르겠다.

소송까지 들어간 사건은 당사자에게는 평생 있을까 말까 한 중대한 사건이니 그 무게감을 가벼이 여겨서는 안 될 것이다. 그런데 현실적으로는 한 재판부가 1년에 처리하는 수백 가지 사건 중 하나이다. 한 사건에 주어진 시간이 너무 짧아서 드라마처럼 모든 이야기를 다 들어줄 수가 없다. 그래서 실제 싸움은 법정에서 말로 하는 것이 아니라 문서로 하게 된다. 법정에서의 공방은 영화나 드라마처럼 현란하지 않고, 어떻게 보면 '키보드 배틀'에 가깝다. 드라마 속 멋진 변호사의 모습은 사실 하루 종일 키보드를 두드려 대는 일반 직장인의 모습과 그리 다르지 않다. 계속 모니터만 쳐다보고 있으니 오히려 방구석 폐인에 가까울지도 모르겠다. 내가 너무 산통을 깬 걸까.

2. 변호사의 1년

: 사건, 사고, 사람이 만나는 시간

양치기 어른들

변호사는 의뢰인 편이다. 세상 모든 사람이 다 아니라고 해도 내 편을 들어주는 사람이 변호사다. 속으로는 다른 생각을 하고 있어도 겉으로는 의뢰인의 편을 들어준다. 그래서 많은 돈을 주고 의뢰를 하는 것이다.

그런데 변호사를 속여서 사건을 의뢰하려는 사람이 꽤 많다. 언뜻 이해가 가지는 않는다. 굳이 소송에서 패소하려고 비싼 수임료를 내고 변호사를 선임하는 셈이다. 보통 의뢰인의 거짓말은 상담 과정에서 많이 걸러지기는 하지만, 상담 과정에서 거르지 못했더라도 결국은 소송 중에 들통이 나게 되어 있다.

한번은 나이 지긋한 어르신 세 분이 찾아왔다. 한 분은 '회장님', 나머지 두 분은 '이사'라고 하였다. 그분들은 꽤나 억울하다는 듯이 이야기를 꺼냈다.

"변호사님, 시에서 땅을 수용한다고 통지가 왔는데, 지들이 멀쩡한 논에다가 땅을 파서 구거(도랑)를 만들더니 구거로 감정평가를 했어요."

원래 '답'이었으면 '답'으로 시가를 산정해서 보상해야지, 나중에 시에서 구거를 만들었다고 해서 '구거'로 감정평가해서 보상해 주는 것은 맞지 않는다. 답이 구거가 된 것이 소유자의 탓은 아니기 때문이다.

그분들은 시에서 보내온 공문을 가져왔다. 그 공문에는 '1966년 항공 사진에 구거로 나와 있으므로 구거로 감정평가를 하였다'고 써 있었다.

"아니, 60년대에는 길거리에 차도 없었어. 6.25 직후라 다들 먹고살기 힘들었는데 무슨 항공 사진이야."

그분들은 시에서 거짓말을 하고 있다고 주장했으나, 그들의 생각과 달리 항공 사진은 40년대의 것부터 공개가 되어 있었다. 나는 국토지리정보원 홈페이지에 들어가 해당 지역의 1947년도 항공 사진, 1966년도 항공 사진, 최근의 항공 사진을 비교해 보았다. 그 토지는 1947년에도 구거였다. 1966년이나 최근에도 별로 변한 것이 없었다.

"1940년대에도 구거였는데요?"

내가 이렇게 말씀드리니 회장님과 이사님들이 믿지 않아서 항공 사진을 비교하여 보여드렸다. 거짓말을 하고 있는 쪽은 시가 아니라 '회장님'이라는 사실이 너무 쉽게 드러났다.

그러나 그분들은 창피해하기는커녕 태연하게 "그럼 소송을 못 하는 것이냐?"고 되물었다.

"패소해도 상관없으면 해드릴 수는 있습니다만, 솔직히 변호사 입장에서도 창피한 사건이라 수임료는 좀 많이 주셔야 할 것 같습니다."

이렇게 대답하고 상담을 종료했다. 그분들은 아마 딱 본인들의 상식 수준으로도 속일 수 있는 사무실을 찾아가 소송을 하고, 결국 패소하였을 것이다.

또 한번은 이혼 사건을 의뢰하러 한 남성이 찾아왔다.

"재혼한 아내가 몰래 통장에서 돈을 빼돌렸는데, 한 7~8억 쯤 되는 것 같아요"

"아니, 어떻게 그렇게 많이 빼돌렸죠?"

"사실 형에게 땅을 팔았는데, 형이 알아서 인출해 가라며 통장하고 도장을 맡겼어요. 그런데 글쎄 이 여자가 은행에 가서 수표로도 찾고 자기 아들한테도 보내고 한 것 같아요."

의뢰인 형의 통장을 조회해 보았더니 의뢰인의 말대로 두세 번에 걸쳐 통장에서 큰돈이 인출된 내역이 있었다. 의뢰인은 그게 바로 아내가 빼돌린 돈이라고 주장하였다.

그 통장 내역을 보니 처음에는 몇천만 원이, 며칠 후에는 수억 원이 인출되었다. 의뢰인은 처음에 인출한 것은 계약금, 나중에 인출된 것은 잔금이라고 설명했다. 형으로부터 아내에게 통장과 도장을 맡겼다는 '사실확인서'도 가져왔다.

그런데 계약금과 잔금 사이에 '사료 값'이라는 적요로 600만 원 정도가 인출된 내역이 있었다. 그리고 그 사료 값이 인출된 시간과 수억 원이 인출된 시간의 차이는 겨우 몇 분에 불과했다.

"사료 값은 누가 인출하셨죠?"

"형이 인출한 겁니다."

"형님이 인터넷 뱅킹도 하시나요?"

"아뇨. 시골 사람이라 그런 건 할 줄 몰라요."

수억 원이 인출되기 겨우 몇 분 전에 '사료 값'이 인출되었고 그것이 모두 은행 창구를 통하여 이루어졌다면, 사료 값을 인출한 사람이 전표 두 장을 써서 이체를 하였을 것이다. 즉 수억 원 역시 형이 인출하였을 것이며, 사실확인서도 가짜였던 셈이다. 의뢰인이 끝까지 자신의 말이 맞다며 우기기에, 내가 보는 앞에서 형에게 스피커 폰으로 전화해 보라고 하였다.

"저번에 땅 판 대금, 와이프한테 통장 맡겼었지?"

"내가 언제 그랬어. 통장은 내가 계속 가지고 있었는데."

아내가 인출하였다는 수표도 마찬가지였다. 의뢰인은 자기는 돈을 수표로 인출한 적이 없다며, 수표로 인출된 것은 모두 아내가 빼돌린 것이라고 주장했다. 그런데 수표를 조회해 보니 일부 수표는 의뢰인의 전처가 낳은 딸의 계좌에 입금되어 있었다. 그래서 의뢰인에게 "아내가 전처와 낳은 딸에게 돈을 빼돌렸을 리가 없지 않느냐"라고 추궁하였더니, 의뢰인은 그저 "아니다"라며 "다 아내가 빼돌린 것이다"라고만 하였다.

"이런 식으로 거짓말하는 사건은 안 합니다. 당장 나가 주세요."

결국 이렇게 의뢰인을 내보내고 법원에는 사임서를 제

출했다.

아쉬운 것은 상대방, 즉 아내 쪽을 대리하는 법무법인이 이와 같이 뻔히 보이는 내용을 지적하지 못하고 있다는 점이었다. 아내 쪽이 누명을 쓰고 있는데 대응을 못하고 있으니 참 갑갑하기만 했다.

자신이 고용한 변호사까지 속이려고 거짓말을 하는 의뢰인들은 자기가 판사나 변호사를 모두 속일 수 있을 것이라고 생각한다. 그러나 그런 거짓말은 대개 쉽게 간파된다. 아이들이 엄마한테 "엄마, 나 사탕 안 먹었어"라고 거짓말을 해도 혓바닥이 초록색이면 금방 들통나는 것과 비슷하다.

거짓말로 소송에서 이기기는 힘들다. 특히 자기 편인 변호사에게도 거짓말을 하면 변호사가 제대로 판단을 할 수 없기 때문에 적절히 대응하지 못하게 된다. 실제 소송에서는 법리보다 사실관계를 가지고 싸우는 때가 더 많기 때문에, 소송을 수행하는 변호사가 사실관계를 제대로 모르면 소송에서 이기기도 힘들다.

거짓말을 하지는 않았지만 필요한 사실을 말하지 않는 경우도 있다. 남편이 외도를 했다고 해서 위자료 청구를 하였더니 아내도 외도를 하였다는 증거가 나오는 식이다. 남편이 바람 피운 것만 이야기하고 자신의 외도는 부끄럽다고 숨기는 것이다.

거짓말을 하는 사람들은 그렇게 해서 소송에 이길 수 있다고 생각하는 것 같다. 내가 변호사도 속이고 판사도 속여서 판결을 받아냈다는 무용담이라도 말하고 싶은 걸까?

이혼 소송에서 거짓말을 하는 경우는 더더욱 이해하기 힘들다. 그런데도 이혼 소송에서는 거짓말을 참 많이 한다. 이혼 소송에서 거짓말을 해도 이득이 있는 경우는 거의 없다. 재산분할이야 어차피 객관적으로 나와 있는 자료로만 따지면 되는 것이고 기껏해야 위자료가 문제인데, 우리나라에서 인정하는 위자료 금액은 많아야 1,000만 ~2,000만 원 정도이며, 그것도 외도나 폭행 이외의 사유로 위자료가 인정되는 경우는 많지 않다.

잘못을 한 것이 있으면 인정하고 진심으로 사과하면 된다. 위자료 1,000만~2,000만 원을 안 주기 위해 거짓말을 하여 이겼다고 한들, 그 인생이 참 행복할지 모르겠다. 자녀가 있다면 자녀에게도 참 부끄러운 부모가 되지 않을까. 자신의 행동을 부정하고 그동안 살아온 배우자와 가족에게 평생 욕을 먹는 대가가 겨우 1,000만~2,000만 원이라니, 그것이 '양심의 무게'라고 생각하면 참 가볍기만 하다.

역전 재판!

〈역전 재판〉이라는 오래된 게임이 있다. 형사 사건의 피고인 변호를 의뢰받은 변호사가 주인공으로, 누명을 쓴 피고인이 재판에서 무죄 판결을 받으면 승리하는 게임이다. 법정에서 증인을 심문하고 검사 주장의 모순을 지적하고, 현장에서는 관계자의 이야기를 듣고 현장 조사를 한다. 사실 내가 좋아하는 장르가 아니어서 몇 분 하다가 말았다.

그 게임은 당연히 현실적이지 않지만, 부분적으로 보면 꽤나 현실적이기도 하다. 중학교 쯤에서 배우게 되는 법 이론인 '무죄추정의 원칙'을 게임에서는 '유죄추정의 원칙'으로 비틀고 있는데, 현실을 잘 반영하고 있다고 생각한다.

형사 사건에서는 기소가 되었더라도 범행 사실에 합리적인 의심이 사라져 유죄 판결이 확정되기 전까지는 무죄로 추정하는데, 이를 '무죄추정의 원칙'이라고 한다. 무고의 의심이 있으면 무죄를 선고해야 한다. 여기서 '무죄'는 죄가 없다는 뜻이 아니라 '죄가 있다는 확실한 증거'가 없다는 뜻이다.

무죄추정의 원칙에 따라 검사가 피고인의 혐의를 증명하지 못한다면 무죄의 판결을 선고해야 하지만, 현실에서는 반대로 피고인이 자신에게 혐의가 없다는 것을 증명하지 못한다면 유죄 판결을 선고할 때가 많다. 〈역전 재판〉이라는 오래된 일본 게임은 사실 이런 소위 '유죄추정의 원칙'을 풍자하고 있다.

내가 실제로 맡은 사건 중에 A는 B가 일방적으로 폭행하였다고 하고, B는 A가 일방적으로 폭행하였다고 서로 다툰 적이 있었다. 당시 현장에는 B, B와 내연 관계인 A의 남편, 또 그들과 친한 사람 두 명이 함께 있었는데 모두 A와 소송으로 다투는 사이였다. 제출된 증거로는 위두 사람의 증언과 CCTV 영상이 있었는데, CCTV는 B와 내연 관계인 A의 남편이 설치한 것으로 사건 현장이 아니라 현장에 출입하는 장면만 담겨 있었다.

A는 당시 B가 가방을 휘둘렀다고 하였고, B는 A가 나의 머리채를 잡고 밀었다고 주장하였다. A는 당시 현장에 들어가며 외도의 증거를 잡기 위하여 휴대전화 카메라로 사진 한 장을 찍었는데 아쉽게도 초점이 맞지 않고 흔들려 있었다. 그런데 B는 "A에게 머리채를 잡혀 밀려가는 동안 두 팔을 휘둘렀으나 A에게 닿지는 않았다"라고 진술하였다. 그 말이 사실이라면 B는 가방을 가지고 있지 않았을 것이었다. 가방을 든 채로 자유롭게 두 팔을 휘두르기는 어렵지 않겠는가.

검사는 A가 촬영한 사진에서 B가 가방을 들고 있었는지를 확인하기 위해 국과수에 의뢰하였다. 국과수에서는 "판독이 잘 되지는 않지만 B가 들고 있는 것이 가방으로 보이지는 않는다"라고 회신하였다.

위와 같은 상황이라면 당연히 A와 B 중 어느 말이 사실인지는 '모른다'는 결론에 이르게 된다.

그런데 실제 사건에서는 A가 '폭행'의 혐의로 약식기소되었다. A가 거짓말을 하였으니 B의 주장이 사실이라는 이유에서였다. 상식적으로 A의 말이 거짓이라고 하더라도 B 역시 거짓말을 했을 수도 있다. A의 말이 거짓이라고 해서 B의 말이 사실이라고 판단할 수는 없는 것이다.

A는 정식 재판을 청구하였는데, 재판 결과 결국 A의 혐의가 인정되어 유죄 판결이 선고되었다. 이유는 A의 말을 신뢰할 수 없다는 것이었다. A가 유죄라는 증거는 그저 A와 소송 중인 몇 명의 증언밖에 없었다. 그런데 실제 A와 소송 중인 그 증인들은 A와의 소송에서 매번 거짓말을 하다가 들켜 모두 패소하였고, 실제 증인을 신문하였을 때에도 진술에 모순이 많았다.

이 사건에서 나는 A를 변호하였는데 B의 주장과 증인 증언의 모순점을 지적하고 B와 증인의 진술이 서로 다르다는 점, 증인들이 다른 사건에서도 모두 거짓말을 하였다는 점까지 지적하였지만 반영되지 않았다.

그 사건을 수사한 경찰관은 "B가 피해자니까 고소하였을 것"이라고 하였다. 그 경찰관은 1초라도 먼저 고소하는 사람이 피해자라는 이상한 생각을 하고 있었다. 그 경찰관이 기소의견으로 송치를 하니 담당 검사와 수사관은 '경찰이 기소의견을 내었으니 혐의가 있을 것'이라고 생각했다. 그래서 확실한 증거도 없이 기소하였고, 정식 재판에서도 판사는 '기소가 되었으니 유죄일 것'이라고 생각했다. 그래서 특별히 어떠한 증거를 가지고 판단하였다고 명확히 밝히지도 않고 유죄를 인정하였다.

나는 A에게 어차피 벌금 수십만 원에 불과한 것이니 항소하지 말자고 했다. 그동안의 경험상 항소심에 간다고 해서 바뀌리라는 기대가 되지 않아서였다.

나는 사실 A가 진짜로 B를 폭행하였는지, 반대로 B가 A를 폭행하였는지는 모르겠다. 아마 검사도 모르고 판사도 모를 것이다. 그 사건에 나온 증거만으로는 도저히 실체적 진실을 알 수 없었다. 이런 경우에는 A가 기소되어도 무죄, B가 기소되어도 무죄가 나와야 하는데 현실은 이론과 다르다.

판사는 검사를 신뢰하고, 검사는 경찰을 신뢰하며, 경찰은 고소인을 신뢰한다. 그래서 고소를 당하면 피고소인이 혐의가 없다는 점을 증명해야 하는 골치 아픈 상황에 처하게 된다.

그런데 있는 사실을 있다고 증명하는 것보다 없는 사실을 없다고 증명하는 쪽이 훨씬 어렵다. 가령 내가 '어떤 사람의 돈 만 원을 훔치지 않았다'라는 사실을 증명하려면 어떻게 해야 할까. 딱히 방법이 없을 것이다.

반대의 경우도 있다. 피해를 당하여 고소를 하면 '증거'를 가져오라고 한다. 개인은 강제수사를 할 수 없어서 합법적인 방법으로 증거를 수집하는 것에는 한계가 있다. 그래서 개인에게는 주어지지 않은 강력한 권한을 경찰과 검사에게 주는 것이고, 피해자는 경찰이나 검사에게 수사를 해달라고 고소나 고발을 하는 것이다.

그런데 복잡해 보이는 사건은 명확한 증거가 없으면 수사를 잘 안 해줄 때가 많다. 특히 법리 구성이 복잡한 사건이나 복잡하고 어려운 회계 지식이 필요한 경제 범죄는 고소를 해도 수사가 늦고, 고소인 측에서 준비해야 하는 것이 많다. (그나마 변호사가 고소장을 쓰면 좀 더 잘 봐주는 것 같기는 하다.)

왜 이렇게 현실은 이론 같지 않을까. 아마도 다들 너무 바빠서인 것 같다. 사실 경찰 단계에서 수사가 잘되지 않았다면 검찰 단계에서 걸러져야 하고, 검찰 단계에서도 수사가 제대로 되지 아니하였다면 공판 단계에서 걸러져야 한다. 억울한 사람에게 누명을 씌우지 않기 위하여 한 사람이 유죄 판결을 받을 때까지는 정말 여러 사람이 여러 절차에 관여하게 되는데, 문제는 다들 바쁘다 보니 앞 사람이 해놓은 것을 무작정 믿어버리고 만다.

강제수사권이 없는 고소인에게 증거가 부족하면 수사기관에서 수사를 해주어야 하는데, 실제로 꼼꼼하게 수사를 하여 혐의를 찾아내는 때도 많지만, 고소장만 보고 접수도 안 받고 돌려보내는 경우도 꽤 많다. 수사기관에서 고소장을 접수하지 않을 권한은 없지만, 현실에서는 경찰서에 가니 고소가 안 된다고 하였다면서 고소장을 접수하지 못하였다는 사례를 굉장히 자주 보았다.

다들 바쁜 이유는 아무래도 검사와 판사의 수가 너무 적기 때문이다. 우리나라에서는 판사나 검사의 수를 법으로 정하고 있다. 2014년 12월 31일 개정된 '각급 법원 판사 정원법'에 따르면 판사 수는 3,214명, 같은 날 개정된 '검사정원법'에 따르면 검사의 정원은 2,292명이다.

우리나라 인구가 5,000만 명이 넘는다는 것을 생각하면 굉장히 적은 숫자다. 그런데 문제는 실제로는 더 적다는 것이다. 2019년 3월 1일을 기준으로 판사를 비롯한 법관의 수는 2,918명인데 여기에는 사법연수원 교수도 있고, 장기 해외연수에 가 있는 사람도 있고, 육아휴직 중인 사람도 있다. 대충 인구 2~3만 명당 1명이 판사라고 계산하면 비슷할 것이다. 그 3,000명도 안 되는 판사가 매해 수백만 건의 사건을 처리한다.

이러한 상황에서 제대로 수사를 하고 사건을 검토해서 판결을 내린다는 것은 불가능에 가깝다. 검사와 판사는 매일같이 야근을 하고 주말에도 나와서 일을 한다. 심지어 박봉이기도 하다. 내 생각에는 정원을 5배쯤 늘린다고 해도 많다고 느껴지지 않을 것 같다.

그러다 보니 강제수사권도 없는 고소인에게 유죄인 증거를 가져오라고 하고, 피의자에게는 무죄인 증거를 가져오라고 한다. 형사 고소를 해도 합의(조정)를 하라고 하고, 민사 소송을 걸어도 합의를 하라고 한다. 합의가 될 것 같으면 왜 고소를 하고 소송을 하였을까 하는 생각이 드는데, 어쨌든 합의를 하라고 한다. 그리고 합의가 되지 않으면 화를 내거나 불이익을 주는 경우가 많다.

재판에 주어지는 시간도 매우 짧다. 한 사건을 5분 정도 하였으면 너무 길게 끈 것 같아서 찝찝하게 느껴질 정도다. 30초 만에 끝나는 경우도 많다. 의뢰인과 함께 법정에 출석하면 의뢰인들은 대부분 판사의 말을 알아듣지 못하고 상황이 어떻게 돌아가는지도 알지 못한다. 그래서 나는 법정 밖에서 의뢰인에게 방금 법정에서 오고 간 대화는 이러이러한 내용이었다고 다시 설명해 준다. 그러면 의뢰인들은 대개 그 짧은 시간 내에 굉장히 많은 정보가 오고 갔다는 사실에 신기해한다. 이러한 상황에서 변호사를 선임하지 않고 혼자 소송을 하기란 꽤 어려운 일이다.

TV나 드라마, 뉴스에서는 판사나 검사가 매우 좋지 않은 이미지로 나오지만, 나는 대부분의 판사나 검사는 선한 의도로 힘들게 일하고 있다고 생각한다. 요즘은 법원에서 문서를 발송하면 문자 메시지로 알람이 오도록 설정할 수 있는데, 늦은 밤이나 휴일에도 메시지를 받곤 한다. 야간이나 휴일에도 일을 하고 있는 것이다. 그래도 사건의 수를 감당할 수 없으니 사건 파악이 제대로 되지 않은 상태에서 재판을 할 수밖에 없다.

의뢰인들은 종종 재판이 왜 이렇게 오래 걸리느냐고 불만을 품고, 법정에 가서는 판사가 왜 사실관계를 잘 모르느냐며 불평을 한다. 다 맞는 말이라고 생각한다. 그런데 판사나 검사의 수가 늘어나지 않는 한 딱히 현실이 개선될 여지가 있어 보이지도 않는다. 세상이 복잡해져서 사건 내용을 파악하는 데에도 시간이 오래 걸리는데, 지금의 현실에서 충실한 수사와 재판을 기대하기는 조금 버거운 듯하다. 그냥 소송을 할 일도 없고 수사기관에 갈 일도 없기를 기대하며 조심히 사는 수밖에.

적은 금액 때문에 민사소송을 당하거나 가벼운 범죄 때문에 형사처벌 대상이 되어 수사기관의 조사를 받게 되더라도, 법원에 가고 수사기관에 출입하는 것은 개인의 일생에서 꽤 중요한 일이 된다. 소송이라는 이벤트가 개인의 삶에 미치는 영향을 생각해 보면, 이쪽 업계에서는 사건을 너무도 쉽게 다루는지도 모르겠다. 국민들이 모두 검사의 수사나 판사의 판결에 불만을 가지고 있는데 판검사의 수를 대폭 늘려야 하지 않을까? 질 때 지더라도 이유 정도는 명확히 알아야 하니 말이다.

내 마음대로 할 수 있다면 법이든 제도든 싹 다 뜯어고칠 상상을 해본다. 현실은 그저 대한민국 변호사 3만 명 중 하나일 뿐이지만.

변호사의 1년

변호사의 1년은 어떻게 흘러갈까. 사실 직장인의 1년이 매년 그리 다르지 않듯, 변호사의 1년도 사이클이 어느 정도는 정해져 있다. 정리해 보니 참 재미없기는 한데, 그래도 간략히 소개하면 다음처럼 정리될 것 같다.

변호사의 1년은 3월부터 시작한다. 매년 2월 말이면 법원 정기 인사가 있는데, 그래서 2월에 선고가 되지 않을 사건이면 재판을 3월 이후로 잡을 때가 많다. 그 판사가 계속 그 사건을 할 수 있을지 확실하지 않기 때문이다. 2월에 선고가 되어야 할 사건이면 1월에는 마무리해야 하므로 1월은 재판 일정도 많고 굉장히 바쁘다. 2월은 재판이 별로 없어서 1월까지 달려오다가 잠시 쉬는 달이다.

3월에 판사가 바뀌어 기존 사건의 내용을 잘 알지 못하면 그달에는 사건이 잘 진행되지 않는다. 나는 재판부 변경이 있으면 그동안 논의되었던 사항을 정리해서 제출하는데, 그렇다고 해서 사건 진행이 원활하게 돌아가지는 않는다. 그러면 제대로 시작되는 것은 4월부터다.

2월과 3월에 사건이 별로 진행되지 않다 보니 4월에는 굉장히 바빠진다. 게다가 2월에는 설 연휴가 있는데, 명절 전후로는 이혼 소송이 급격히 늘어난다. 2월이나 3월쯤에 접수한 이혼 소송은 대개 4~5월쯤에 첫 재판(변론) 날짜가 잡힌다. 또 겨울에는 사건이 줄다가도 봄이 오면 온갖 사건 사고가 발생하기 때문에 그즈음에는 상담도 많고 소송도 많다. 게다가 5월에는 휴일도 많은데, 휴일에는 재판을 하지 않으니 그다음 주에 재판이 몰리게 된다. 미리미리 준비한다고 해도 어마어마하게 바쁘다.

올해만 해도 우리 사무실은 4월부터 인터넷 광고를 중단해 6월 중순이 되어서야 재개했다. 너무 바빠서 상담도 하지 않고 새로운 사건도 수임하지 않으려고 했는데, 그럼에도 손님도 너무 많고 사건도 많아서 정신없이 시간을 보냈다. 손님들이 대체 어디서 우리 사무실을 찾아내는지 모르겠다.

6월에는 4~5월에 전력으로 달리던 속도가 조금 느려진다. 한가해진다기보다는 잠시 템포를 늦춘다는 느낌이다. 특별히 이슈가 있는 시기도 아니고 그저 다들 열심히 일하는 달이다 보니 사건 사고도 적어 변호사 입장에서는 밀린 일을 할 수 있게 된다.

매년 7월 마지막 주에서 8월 첫째 주까지는 '휴정' 기간이어서 급한 사건이 아니면 재판을 하지 않는다. 2주간 재판을 하지 않기 때문에 한가하리라고 생각하나, 실제로는 휴정에 들어가기 직전에 재판이 몰리고 휴정이 끝나고 나서 또 재판이 몰리기 때문에 6월 말쯤부터 어마어마하게 바빠졌다가, 휴정기 첫 주에 잠깐 한가해진 후 다시 휴정기가 끝날 쯤에 다시 어마어마하게 바빠진다.

그래서 나는 매년 휴정기 첫 주에 주말을 끼고 5일 정도 휴가를 간다. 보통 7월 23~24일경이 되는데, 매년 비슷한 날짜인 데다가 워낙 성수기여서 해외로 갈 때에는 보통 가을쯤에 내년 여름휴가 항공권을 미리 준비해 놓고는 한다.

여름 휴정이 끝나고 또 재판이 한참 몰리다가 9~10월이 되면 추석과 한글날, 개천절 휴일이 있다. 명절 시즌이면 이혼 사건이 늘고, 휴일이 많으면 그 앞뒤로 재판이 몰리니까 또 어마어마하게 바빠진다.

9월과 10월은 4월, 5월의 느낌과 비슷하게 인터넷 광고를 다 중지해 놓는데도 손님이 많고, 11월이 되면 6월과 비슷하게 조금 여유가 생긴다. 그러면 또 12월이 다가오는데, 12월 마지막 주부터 1월 첫째 주는 휴정기다. 겨울 휴정기 앞뒤로 재판 일정이 몰리게 되는데, 이때는 여름과 달리 2월 정기 인사 시즌까지 생각해야 한다. 그래서 1월에 끝내야 하는 사건들 때문에 겨울 휴정기에는 한가하지 못하다.

1월에는 당연히 마지막 재판인 사건들이 예정되어 있어서 정신없이 달리다가 2월이 되면 갑자기 여유가 생긴다.

이렇게 한 사이클이 돌고 나면 한 해가 지나는데 그 속도가 굉장히 빠르다. 사람들은 이혼 사건 재판을 1년씩 하는 것을 이해하지 못하는데, 사실 1년 동안 할 수 있는 재판은 몇 번 되지 않는다.

신기한 일은, 손님은 항상 바쁠 때만 찾아온다는 것이다. 이 규칙은 매년 틀린 적이 없다. 여유가 있을 때는 찾아오는 사람도 별로 없고, 상담도 별로 없고, 심지어는 기존 의뢰인이 억지를 부리지도 않는다. 꼭 한창 바쁠 때에만 상담도 많고, 예약이 밀려 며칠씩 기다려야 하는데도 예약이 들어오고, 소송과 아무 관련도 없는 엉뚱한 요구도 꼭 이때쯤 들어온다.

바쁠 때를 생각하면 변호사를 한두 명 채용해서 해결하고 싶은데, 두어 달 바쁘면 또 중간에 한가한 달이 있고 하니 조금 애매하다. 게다가 광고도 하지 않을 때 온 손님은 아마 어디서 추천을 받고 연락을 해온 사람일 터인데, 내가 직접 사건을 맡아야지 다른 사람에게 넘기기도 적당하지 않다.

그래도 변호사를 채용하면 다른 사무실처럼 마치 여러 명의 변호사가 사건을 하는 듯이 과장 광고를 할 수 있고 매출과 수입도 늘어나겠지만, 그만큼 내가 직접 사건을 볼 시간은 없어지게 된다. 고용 변호사의 능력에 따라 소송이 좌우되는 것은 내가 선호하는 방식이 아니다.

한창 바쁠 때는 사건을 조금 덜 맡으면서 여유를 갖고 싶다가도, 또 막상 할 일이 없으면 불안해진다. 올해가 지난다고 해도 등장하는 사람 이름만 바뀔 뿐 내년 역시 마찬가지겠지만, 뭐 한국 사람들 사는 게 다 그렇지 않을까.

내 부모의 재산을 탐내지 말자

"상속 문제로 상담을 받고 싶은데요."

상속 문제로 상담 요청이 오는 경우, 대부분은 상속 문제가 아니다. 가족 간의 분쟁을 상담하러 온 사람에게 말할 기회를 주면 대개 수십 년 전의 이야기부터 하나하나 꺼내놓기 때문에 10분이면 끝날 상담이 두 시간 넘게 걸릴 때가 많다. 그래서 '상속'이라는 단어를 들으면 의뢰인에게 대화의 주도권을 주지 않기 위해 내가 먼저 적극적으로 질문을 한다.

"누가 언제 돌아가셨는데요?"

"아직 돌아가시지는 않았어요."

열에 여덟은 이렇게 대답한다. 부모님이 돌아가시지도 않았는데 부모님의 상속 문제를 상담하는 경우는 대개 두 가지 중 하나다. 부모님이 자식 중 한 명에게만 자꾸 재산을 증여해 주고 있거나, 사회 단체나 종교 단체에 기부하겠다고 하는 경우다. 의뢰인들은 대개 부모님이 자녀들과 상의를 하지 않고 재산을 처분한다고 하소연한다.

이러한 얘기를 들으면 나는 우선 가족 관계를 묻는다.

"혹시 선생님도 자녀가 있나요?"

"네. 두 명 있습니다."

"선생님이 집을 사거나 투자를 하거나, 하다못해 물건을 살 때 자녀들과 상의를 하거나 허락을 받나요?"

"아니요. 아이들이 아직 어려서요."

"마찬가지로 선생님의 부모님도 자신의 재산을 처분하거나 누구에게 줄 때 자녀와 상의할 필요는 없습니다."

부모가 노환이 심하여 의사능력이 부족한 경우라면 부모의 진정한 의사로 재산을 처분한다고 볼 수 없으니, 이런 때에는 한정후견심판을 청구해야 한다. 실제로 내가 수행한 사건에서도 어머니의 치매를 이용하여 자녀 중 한 명이 인감증명서를 발급받아 자신의 명의로 소유권이전등기를 시도하려던 사건이 있었고, 이때 한정후견심판청구를 하였다. 그렇지만 이런 사건은 특이한 경우이고, 대개는 서운함 때문에 상담을 하러 온다.

상속은 대부분 사망으로 개시된다. 사망한 사람은 피상속인이 되고, 배우자와 자녀가 있다면 배우자와 자녀가 공동상속인이 된다. 가령 아버지가 사망하면 아버지가 피상속인, 어머니와 자녀가 공동상속인이 된다. 상속인과 피상속인의 지위는 사망으로 결정되는 것이다. 누가 먼저 사망할지는 알 수 없다. 누가 상속인이 될지 피상속인이 될지도 그 사람이 사망하기 전까지는 알 수 없으니 '장래의 상속인'이라는 말은 있을 수 없다. 누가 먼저 죽을지는 아무도 모르니까, 누가 누구를 상속하게 될지도 모르지 않겠는가. 자신이 부모의 상속인이 될지, 부모가 자신의 상속인이 될지 모르는 상황에서 함부로 예비 상속인이라고 주장할 수는 없는 법이다.

내 개인사를 말하자면, 아버지께서 돌아가시고 우리 집에서는 상속 문제로 다툼이 없었다. 형제 모두 형이 단독으로 상속받는 것에 동의했고, 법적인 처리는 변호사인 내가 처리했다. 형제끼리 법정상속분대로 똑같이 나눠봐야 얼마 되지도 않아서 제일 형편이 좋지 않은 형에게 모두 몰아준 것이다.

우리 집은 너무 가난해서 내가 대학생 때까지 반지하 생활을 하였다. 대학교에 가서는 교내 아르바이트를 여럿 하면서 근로장학금을 받으며 1.5평짜리 고시원에서 지내기도 했다. 학교에 가서 공부를 하기보다는 장학금을 받아 '생존'하려는 목적이 더 크던 시기였다.

졸업 후 대기업에 입사했지만 회사 일은 생각했던 것과 많이 달랐다. 3년쯤 다니다가 그만두고 난데없이 법 공부를 하기로 마음먹었고, 대학원에 가서 처음으로 법 공부를 시작했다. 시험에 합격해 변호사가 되자 학자금 대출은 대학원 등록금까지 더해 거의 1억 원이 되어 있었다.

내가 돈을 벌기 시작한 지는 불과 몇 년 되지 않았고, 빚을 갚느라 정신이 없었기 때문에 아버지 생신이나 명절에 용돈 몇 푼을 쥐어드렸을 뿐 별로 해드린 것이 없었다. 평생 해외여행을 안 가보셨는데, 여행이라도 한번 보내드릴까 하는 생각만 했지 막상 실천을 하지는 못했다. 사실 그렇게 빨리 돌아가시리라고 생각도 못 했다.

우리 집은 왜 가난할까. 나는 왜 이런 집에서 태어나서 하고 싶었던 공부도 못 하고, 남들 다니는 학원도 못 가보고, 문제집 살 돈도 없어서 남이 다 풀고 버린 문제집을 얻어다가 지우개로 지워서 풀어야 할까.

부모님에 대한 원망이 많았던 것 같다. 그래서 내가 돈을 벌면서도 사실 부모님께 무엇을 해드려야겠다는 생각보다는 내 빚 먼저 갚고, 내 집 먼저 사야겠다는 생각을 했다.

그런데 아버지가 돌아가시고 나서 가만 생각해 보니, 부모님으로부터 받은 것이 참 많은데 그걸 갚은 적이 별로 없었다. 우리 부모님은 내세울 학력도, 특별한 기술도 없었기에 아버지는 돌아가실 때까지 공장에서, 어머니는 주로 회사 식당에서 일을 하셨다. 할아버지 할머니가 부자도 아니었기에 부모님은 그저 최저 임금 수준의 돈으로 다섯 남매를 키워냈다.

변호사가 되어 이혼 소송을 해보니 자녀가 다섯이면 양육비 산정이 어렵다. 아무리 적게 잡는다고 해도 1인당 양육비에 곱하기 5를 하면 보통 사람의 월급으로는 감당이 되지 않는다. 그런데도 우리 부모님은 공장에 다니며 버는 월급 정도로 다섯 자녀를 키워낸 것이다. 그렇게 해서 아들을 변호사까지 만들었으니, 그것만으로도 남들에게 자랑스러운 부모님이다.

부모님으로부터 재산을 물려받지 못하였다고 서운하다

고 생각하는 것은 사치스러운 감정이다. 부모님 돈은 부모님의 것이지 내가 일해서 번 돈도 아니지 않은가.

변호사로 여러 사건을 상담하다 보면 사실 부모님이 돌아가시고 거액의 재산을 물려받은 경우보다는 거액의 빚을 물려받은 경우를 더 많이 보게 된다. 돌아가신 부모님이 채무가 많다면 상속을 포기하거나 한정승인을 받으면 된다. 돈도 별로 들지 않는다. 다소 귀찮은 뒤처리가 남아 있기는 하나 그 정도는 자식된 도리로 할 수 있지 않을까.

부모님이 첫째에게만 재산을 주고 있다고 해도 어쩌겠는가. 사실 부모님께 서운하다기보다는 돈을 뜯어내는 첫째가 더 얄밉겠지만, 그건 돌아가신 후에 유류분 청구로 해결하면 된다. 부모님 역시 첫째에게 돈을 주면서 둘째 생각에 마음이 편치 않으셨으리라.

부모님이 살아 계시면 부모님의 돈은 다 부모님의 것이다. 그것을 물려주면 고마워해야 하는 것이고 물려주지 않는다고 해도 이렇게 키워주신 것에 대해 고마워해야 하지 않을까. 부모님이 해준 것이 없다고 원망할 필요도 없다. 부모라는 이유만으로 뭘 더 해줘야 하는 것도 아닌데 말이다.

물론 나쁜 부모도 있다. 부모라는 이유만으로 책임을

지지 않으면서 권리만 내세우는 경우도 많이 보았다. 부모가 저지른 일 때문에 자식들이 고생하는 경우도 아주 많다. 나는 부모 자식 간의 모든 관계가 아닌 '부모의 재산'에 대한 자식의 권리를 말하는 것이다.

회사에서 힘들게 일해 월급을 받아 아이에게 한 달에 10만 원씩을 용돈으로 주었더니, 아이가 "내 친구네 부모는 한 달에 30만 원씩 준다"라면서 20만 원을 더 달라고 소송을 하는 것은 이상한 일이다. 금액의 많고 적음에 차이는 있을 수 있어도 살아 계신 부모님의 재산에 대해 자식이 권리를 주장하는 것은 위와 같은 구조라는 사실을 생각해 봤으면 좋겠다.

공짜로 해주세요

김밥천국에 가서 김밥을 달라고 하면서 "여기는 천국인데 왜 돈을 받냐"라고 하면 좋은 소리는 못 들을 것이다. 그런데 변호사 사무실에서는 이런 일이 종종 일어난다.

상식으로는 이해하기 어렵겠지만 변호사 보수를 공짜로 해달라는 사람이 꽤 많다. 자신의 딱한 사정을 이야기하는 경우도 있지만 "왜 공짜로 못 해주냐"며 따지는 사람도 많다. 세상에 진상은 많고 이들을 응대하는 것은 자영업자의 숙명이라고 했던가.

"공익 변호사라는 사람도 있잖아요"

어디서 들었는지 '공익 변호사'는 소송을 공짜로 해준

다면서 자신의 소송도 공짜로 해달라는 사람이 있다. '공익'이 무슨 뜻인지 모르는 경우다. 왜 자신의 사익을 공익이라고 생각하는 걸까?

비슷한 예로 '인권 변호사'를 운운하며 공짜로 소송을 해달라는 사람이 있다. 인간으로서 마땅히 누려야 할 가장 기본적인 권리가 인권이겠지만, 돈 있는 사람이 자신의 돈을 지키려고 남에게 일을 시킬 때에는 그 돈을 써야한다. 타인의 노동은 공짜가 아니다.

한번은 무료 소송을 원한다고 하기에 대한법률구조공단에 문의해 보시라고 하였다.

"거기는 이미 갔다 왔는데 재산이 있어서 안 된다고 하더라고요. 돈이 없으면 소송도 못 하나요?"

'나는 돈이 없어 가난하다'가 아니라 '돈은 있지만 변호사에게 줄 돈은 없다'는 말을 이렇게나 당당하게 하다니, 이상한 하소연이었다.

"상담비도 받나요?"

예약도 없이 손님 한 명이 왔다가 상담비가 있다는 얘기를 듣고 그냥 나갔다. 그분은 변호사 사무실에 오면서 상담비가 무료라고 생각했나 보다. 이런 사람들이 하도 많아서 "변호사 상담비는 유료입니다"라는 포스터를 사무실 입구에서부터 무려 네 군데나 붙여놓았다. 손님이 문 두 개를 거쳐 내 방 소파에 앉을 때까지 안 볼라고 해야 안 볼 수가 없다. 예약을 할 때는 항상 상담비가 있다고 안내를 하고, 나는 상담을 시작하기 전에 명함을 건네며 "상담비는 유료입니다"라는 말을 먼저 한다. 그 정도는 해야 손님이 상담비를 결제하고 나간다. 그래도 요즘은 양식 있는 손님이 많아 무료 상담을 요구하는 사람보다는 처음부터 상담비가 얼마인지를 물어보는 사람이 더 많다.

소송은 유료지만 상담은 무료라고 생각하는 사람들은 '김밥은 유료지만 단무지는 공짜잖아'라고 생각하는 것 같다. 그런데 '소송'과 '상담'의 관계는 김밥과 단무지가 아니라 김밥과 쫄면 사이의 관계다. 원가가 달라 가격 차이만 있을 뿐 음식이라는 점에는 차이가 없다. (사실 김밥을 사야 단무지를 주니까 단무지가 공짜인 것도 아니다.)

상담비가 무료라고 생각하는 사람들이 많은 것은 실제로 무료 상담을 하는 곳이 꽤 많기 때문일 것이다. 이곳저곳을 돌아다니며 소위 '변호사 쇼핑'이 가능한 이유도 상담비가 무료인 곳이 있어서다.

내가 당사자였어도 이곳저곳을 돌아다니며 발품을 팔았을 것 같기는 하다. 그런데 사실 '변호사 쇼핑'이나 발품 팔기에는 딜레마가 있다. 여러 사무실을 가서 여러 번 상담을 받아보아야 자신의 상황을 좀 더 객관적으로 알고 더 좋은 조건을 제시하는 사무실과 계약을 할 수 있지만, 온갖 비밀을 다 이야기하며 상담해 놓고 계약을 하지 않았다가 소송의 상대방이 그 사무실과 계약을 할 수도 있다. 좁은 지역에서는 흔한 일이다.

무료 상담은 변호사 사무실에 큰 부담이 되기 때문에, 무료로 상담을 하게 되면 의뢰인에게 이익이 있는 사건이건 없는 사건이건 일단 수임을 하려고 든다. 안 될 사건도 된다고 해서 수임을 해야 수익이 되기 때문이다.

정말 봉사 활동을 하는 심정으로 무료 상담을 해주는 변호사도 있겠지만, 사건을 대량으로 수임하여 방치하고 그저 착수금으로만 수익을 내려고 하는 곳도 있다. 이러한 곳에서는 사건을 많이 수임하기 위해 무료로 상담을 하고, 진다고 하면 소송을 맡기지 않을 테니 주로 의뢰인이 원하는 대로 긍정적인 답변을 해준다. 어차피 소송에 진다고 해서 변호사가 책임을 지지도 않는다.

많은 변호사들이 낮에는 재판을 나가거나 기존 의뢰인

과 사건을 상의하고 저녁이 되어서야 본격적으로 일을 하는데, 그 와중에 시간을 내어 공짜로 상담을 해주면 실제 수입은 다른 곳에서 얻어야 한다는 계산이 나온다. 공짜 상담을 하는 곳이라면 변호사가 아닌 직원이 상담을 하거나, 그저 착수금을 받을 목적으로 무작정 승소를 장담하거나, 일반적인 경우보다 비싼 수임료를 요구할 수 있다.

의뢰인을 자처하는 사람 중에는 변호사비를 상대방에게서 받아 가라고 하는 경우도 있다. 대개는 돈이 없어서가 아니라 자기 돈을 쓰기 싫어서 그런 요구를 한다. 정말로 자신의 경제적 상황이 안 좋은 경우라면 소송구조를 신청할 수도 있고, 대한법률구조공단에 문의할 수도 있다. 나는 의뢰인이 돈이 없다고 하소연하면 소송구조 제도를 알려주는데, 그렇게 하겠다는 사람은 거의 없었다. 돈이 있기 때문이다. 게다가 변호사가 다툼의 대상인 권리를 양수해서 상대방에게 직접 청구하는 것은 법으로 금지되어 있고, 상대방으로부터 돈을 받아내는 '채권추심'은 별개의 사건으로 따로 수임료를 지급해야 한다.

비유하자면 김밥천국에 가서 5,000원짜리 김밥을 사면서 "내가 회사에서 3개월째 월급을 못 받고 있는데 돈은 회사에 가서 받아 가세요"라고 말하는 꼴이다. 이를 거절하였더니 "그럼 만 원을 받아 가세요. 5,000원의 두 배잖아요"고 우긴다. 그 회사를 찾아갈 이유도 없지만, 찾아간다고 한들 돈을 받을 수 있을 가능성도 거의 없는 데다가 그깟 만 원을 받으려고 남의 회사를 가는 것이 더 손해 같은데 말이다.

공짜를 요구하는 사람들은 타인의 시간과 노동력을 경시하는 경향이 있다. 남이 만든 김밥이 먹고 싶으면 김밥값을 내야 하고, 일할 사람을 고용하였으면 급여를 줘야 한다. 김밥천국에서 김밥을 팔듯, 변호사 사무실에서는 상담과 소송을 판다. 변호사에게 상담과 소송은 소비자에게 파는 상품이다. 그러니 상담이나 소송을 진행해 주는 것에 대한 대가는 당연히 지불해야 하는 비용이다.

정말로 경제적인 형편이 어렵다면 변호사비를 지원받을 수 있다. 기초생활수급자와 같은 요건을 갖추지 못하였다고 하더라도, 본인의 경제적 형편이 어렵다는 점을 증명하여 법원에 소송구조를 신청하면 된다. 국가기관에서 운영하는 무료 법률 상담 서비스도 많으며, 그러한 정보를 알려주는 곳은 차고 넘친다. 그 정도도 알아보기 귀찮아서 변호사 사무실에 무료를 요구하는 행위는 무료 급식소의 메뉴가 마음에 들지 않는다고 일반 식당에 들어가서 공짜로 돈까스를 달라고 하는 것과 같다.

한 가지 재미있는 사실은, 이렇게 공짜를 요구하는 손님이 있는 반면 군이 비싼 돈을 지불하겠다는 손님도 있다는 점이다.

양육비 관련 사건은 양육비이행관리원에서 소득도 따지지 않고 무료로 소송을 해준다. 다만 원하는 사람은 많고 그에 비하여 변호사 수가 적기 때문에 빨리빨리 처리가 되지 않을 수는 있다. 이럴 때 차라리 돈을 주고 사선 변호사를 선임하는 것은 이해할 수 있다.

그런데 개인회생 사건 같은 경우는 아무리 생각해도 이해가 되지 않는다. 개인회생 사건을 취급하는 사무실에서 정말로 변호사가 그 사건을 처리한다고 생각하는 걸까? 물론 실제로 변호사가 직접 처리하는 사무실이 드물게 있기는 하겠지만, 당연히 일반 소송 사건과 유사한 수준의 수임료를 요구할 것이다. 개인회생은 신용회복위원회에서 무료로 상담도 하고 신청도 해준다. 사실 변호사가 될 때까지 도산법은 공부하지 않기 때문에 정말 그 분야를 열심히 공부한 예외적인 경우가 아니라면 많은 변호사들은 회생이나 파산에 대해서는 잘 모를 때가 많다. 그래서 나는 기존 의뢰인이 회생 사건을 소개시켜 준다고 해도 거절한다. 솔직히 변호사 중에 신용회복위원회의 상담사보다 그 분야를 더 잘 아는 사람은 많지 않을 것이다.

한번은 손님이 개인회생을 신청하려고 한다며 문의하기에 신용회복위원회 쪽으로 알아보는 편이 낫다고 알려 주었더니, 꼭 변호사를 선임해야 한다고 나왔다.

"저는 그 분야는 전문성이 없어 수임하지 않겠지만, 어디를 가서도 수임료가 200만 원은 넘을 텐데요."

"저도 여기저기 알아봐서 그 정도 들어간다는 건 알아요."

"어차피 서류도 본인이 직접 다 준비해야 하고 여기서는 그냥 서류만 작성해 주는 정도인데, 굳이 비용을 쓰면서 맡길 필요가 있을까요?"

"그래도 변호사에게 맡겨야 인용될 확률이 높다고 하던데요?"

아, 또 다른 허위 광고 피해자다. 변호사에게 맡겨야 인용 확률이 높다니, 그럴 리가.

내가 아는 사무실에서는 개인회생을 신청하는 사람에게 변호사 수임료를 대출해 줄 캐피탈 업체를 소개시켜 준다고 한다. 돈을 갚지 못해 개인회생을 하는 사람에게 돈을 대출해 주는 것이 맞는 방법인지 모르겠다.

세상에 공짜는 있다. 그런데 공짜로 할 수 있는 방법은 알려줘도 이용하지 않으면서, 공짜가 아닌 곳에 와서 공짜를 요구하는 이유는 뭘까. 여전히 모르겠다.

노 쇼, 어차피 안 볼 거니까 괜찮아

오늘도 예약 손님이 오지 않았다.

노 쇼(예약 부도, 예약해 놓고 오지 않는 것)는 흔히 식당이나 미용실 같은 곳에서나 일어날 것이라고 생각하지만, 변호사 사무실에서도 아주 흔하게 발생한다. 세어보지는 않았지만 예약 서너 번 중 한 번은 노 쇼인 것 같다.

우리 사무실은 사전 예약이 원칙이다. 변호사들은 거의 매일 재판 일정이 있고, 매일매일 일정이 다르다. 근처 법원에서 재판이 열리기도 하지만 가는 데만 두어 시간씩 걸리는 곳일 때도 많다. 재판이 없더라도 다른 손님과 상담을 하고 있다면 한 시간 정도는 기다려야 할 때가 많다.

봉사 활동이나 각종 위원회 활동, 방송, 인터뷰 등으로 몇 시간씩 자리를 비우기도 한다.

요즘은 사람들 인식이 많이 좋아져서 대부분 사전에 예약을 하지만, 여전히 예약 없이 불쑥 찾아오는 사람들이 있다. 한가할 때는 상담을 하지만, 한가한 경우가 별로 없어서 돌려보낼 때가 많다.

우리 사무실은 예약을 하면 보통 약속한 시간 이후 두 시간 정도는 여유를 둔다. 내가 상담을 길게 하는 편이라 한 시간 넘게 할 때도 많은데, 뒤에 다른 손님이 기다리고 있으면 불안하기 때문이다. 예약 시간이 다가올 즈음에도 다른 업무를 하지 않는다. 다른 사건을 검토하다가 중간에 끊기면 처음부터 다시 봐야 할 때가 많으니 차라리 시작을 하지 않거나 금방 처리할 수 있는 일만 한다.

나는 상담이 많은 편이라 예약을 하고 싶어도 원하는 시간에 예약할 수 없는 때가 많고, 사건에 따라 아예 다른 변호사를 소개해 줄 때도 많다. 게다가 상담도 좀 오래하는 편이라 하루에 많아야 두세 건 이상 예약을 잡지 않는다. 사실 한 건만 상담을 해도 목이 아프고 신경 쓸 것이 많아 지친다.

식당에 예약을 하고 나타나지 않으면 준비한 재료를 모두 버려야 할 때가 많고, 항공권도 노 쇼 손님 때문에 정해진 좌석보다 더 예약을 받는 소위 '오버 부킹' 관행이 있어 멀쩡하게 예약을 하였다가 비행기를 타지 못하는 문제가 왕왕 생기곤 한다.

그런데 변호사 사무실에 예약을 잡고 나타나지 않는 일은 아무렇지도 않게 생각하는 사람이 꽤 많다. 변호사 보수는 시간에 대한 대가인 성격이 강하다. 액수가 큰 사건일수록 보수가 많다기보다, 시간이 오래 걸리는 사건일수록 비싼 경향이 있다. 그래서 50만 원을 청구하는 소송이든 5억 원을 청구하는 소송이든, 난이도가 비슷하다면 비슷한 수임료를 책정하는 것이 맞다.

노 쇼가 있으면 손해가 크다. 가령 오전 10시쯤 예약을 하였다가 나타나지 않으면 그날 오전은 다 날아가는 것이나 마찬가지다. 변호사는 시간이 곧 돈이기 때문에 그만큼 손해를 보는 것이다. 그래서 '방문하지 않더라도 한 시간의 상담비는 지불해야 한다'고 안내한다. 하지만 지금까지 받아본 적은 한 번도 없다. 어차피 전화를 해도 안 받는다. 그 정도 양심이 있는 사람이라면 애초에 미리 전화를 해서 예약을 변경했을 것이다.

하도 노 쇼를 많이 당하다 보니 우리 사무실에서는 노 쇼 손님의 전화번호를 '노 쇼'라고 저장해 놓는다. 한 번 노 쇼를 한 사람은 이후 예약을 받지도 않고, 돈을 준다고 해도 계약하지 않으며, 전화 상담도 할 수 없다고 안내하지만 지금까지 한 번 노 쇼를 한 사람이 다시 전화를 한 적은 없었다. 그 사람 역시 어차피 안 볼 사람이니까 예약을 해놓고도 마음 편히 오지 않은 것이다. 안 오면 안 온다고 전화 한 통 하는 게 그렇게 어려운 일인가.

노 쇼는 짜증이 나지만, 어차피 그런 사람들은 고객이 되지 않는 쪽이 편하다. 소위 '진상'일 확률이 높아서다.

한번은 일요일에 예약을 잡은 적이 있다. 일요일에는 업무를 하지 않는데, 평일 낮에도 일하고 밤에도 일을 한다며 꼭 일요일에 상담을 하고 싶다고 사정사정을 해서 일요일에 정장을 입고 기다렸다. 아무리 그래도 손님이 오는데 평소처럼 트레이닝복을 입고 있을 수는 없지 않은가. 그 당시 직원 일을 해주고 있던 아는 동생 역시 출근해서 함께 기다렸다. 그런데 약속한 시간이 30분 지나도록 손님은 오지 않고 전화도 안 받았다. 여러 번 시도 끝에 겨우 전화 연결이 되었는데 "깜빡했다"는 것이다.

"다음에 다시 예약할게요."

"지금 직원이랑 다 출근해서 기다리고 있는데 무슨 말씀이세요?"

"아니, 다음에 가면 되지 무슨 손해가 있다고 그래요?"

되려 큰소리를 치다니 어이가 없었다.

그런데 정말 우연히 그 사람이 상대방인 소송을 수임하게 됐다. 수임을 할 때도 재판 중에도 몰랐는데, 그 사람이 진행 중인 사건 문제로 나에게 전화를 해왔을 때 예전에 '노 쇼'라고 적어놓은 메모가 떠서 그 사람이라는 것을 알았다.

그 사람은 정말 역대급 진상이었다. 변호사도 손님을 직접 마주하는 직업이라 다양한 인간 군상을 접하게 되나, 주로 법을 다루다 보니 손님들도 어느 정도 선을 지킨다. 그런데 그 사람에게는 '선'이라는 것이 없었다.

그 사건은 이혼 소송이었는데, 남편이 생활비를 주지 않는다며 사전처분을 신청하였다. 사전처분은 '가처분'과 비슷한 것인데, 소송이 오래 걸리다 보니 결론이 나기 전에 임시로 처분을 내리는 것이다. 그런데 그 사건에서는 남편이 생활비를 주지 않은 것이 아니라 그 사람이 남편 명의의 신용카드를 사용하고 있었다. 공과금 등 생활에 필요한 돈은 남편이 직접 내고 순수하게 개인 용돈으로만 한 달에 200만 원 넘게 신용카드를 쓰고 있는데, 남편 명의의 카드여서 남편 입장에서는 생활비를 주었다고 증명할 수 없었다. 이를 악용하여 '생활비를 주지 않았다'며 거짓말을 한 것이다.

법원에서도 '남편 명의의 신용카드를 사용하고 있다'는 것이 남편의 주장인지 확인할 방법이 없기에 제1심 판결이 선고될 때까지 월 50만 원씩을 지급하라는 사전처분 결정을 내렸다.

이 같은 상황에서는 남편도 사전처분에 따라 월 50만 원씩을 주고 있다는 것을 증명하여야 하기 때문에 신용카드를 정지시키고 50만원을 계좌이체로 지급하였다. 그러자 그 사람은 예전에 상담을 하며 알게 된 내 개인 휴대전화로 전화를 걸어왔다. 당시 나는 여름휴가를 가려고 공항에 있던 차였다. 사무실에 전화를 해도 연결이 안 되니 예전에 예약을 하며 저장해 놓은 개인 휴대전화 번호로 전화를 한 것이다. 그제야 그 아내가 예전 노 쇼였다는 사실을 알게 되었다.

그 사람은 남편이 신용카드를 정지한 것을 가지고 나에게 따졌다.

"아니, 본인이 생활비를 안 준다고 했고, 50만 원을 주라고 해서 줬는데 뭐가 문젠가요?"

"나는 꼭 신용카드를 써야 한다고요."

"본인 명의로 카드를 만드세요."

"신용이 좋지 않아서 카드 만들기가 어려워요."

"그럼 체크카드를 만드세요."

"싫은데요."

우격다짐으로 자기는 꼭 '남편 명의의 신용카드'를 써야 한다고 하는 통에 말이 통하지 않아 "그쪽 변호사 있으니까 그 변호사님에게 얘기하세요"라고 대꾸하고 끊어버렸다. 또 전화가 오기에 받지 않았다. 전화가 계속 왔다. 차단시켜 버렸다.

휴가를 다녀와서 얼마 후에 소를 취하하겠다는 연락이 왔다. 시한부 3개월 판정을 받아서 소송의 의미가 없다고 했다. 법원에 소취하서가 제출되었고 남편도 동의하기에 소취하게 동의하고 마무리 지었다.

그냥 그렇게 사건이 끝나나 싶었는데 그 사람을 대리했던 변호사님으로부터 전화가 왔다. 그 사람이 대한변호사협회에 자신의 변호사에 대해 진정서를 접수하였다는 것이다.

"변호사님이 특별히 잘못한 것이 없는데 왜죠?"

"사실 이런 말씀을 드리면 안 되는데……."

변호사님은 그동안 그 사람이 자신을 얼마나 괴롭혀 왔는지 말해주었다. 그러면서 혹시 나중에 필요하면 부탁할 테니 사실확인서를 써줄 수 있겠느냐고 묻기에, 당연히 써드리겠다고 대답했다.

그로부터 2년쯤 지나 그 사람의 남편인 예전 의뢰인이 찾아왔다. 같은 사건이었다. 3개월 시한부라는 말은 그저 변호사에게 보수를 주지 않기 위한 거짓말이었다.

소송을 하다가 알게 되었는데, 처음 소송을 취하한 후 남편을 구슬려 주요 재산을 자신의 명의로 해놓은 뒤 다른 사람의 명의로 다 빼돌려 놓고 다시 이혼 소송을 한 것이었다. 결과적으로는 소송 중 그 사람이 빼돌려 놓은 재산을 거의 찾아내었다.

나는 그 사람에게 당한 이후로는 주말에 예약을 받지 않는다. 예약금을 미리 입금해도 받지 않는다. 그런 사람이 상대방이어서 그나마 다행이었지만 너무 힘들었다.

성급한 일반화를 하지 않으려고 하지만, 하나를 보면 열을 안다고 기본적인 개념이 없는 사람과 일을 한다는 것은 참 피곤한 일이다. 아마 그 사람을 대리한 변호사님은 아주 힘들었을 것이다.

예약을 하는 것 역시 일종의 '계약'이다. 예약을 하고 나타나지 않으면 계약을 위반한 것이니 당연히 손해배상을 해주어야 한다.

약속을 가볍게 여기는 사람 주변으로는 사건이 참 많다. 대부분의 민사소송은 약속을 지키지 않아 발생한다. 평소 약속을 지키지 않는 습관이 있는 사람들이 많아 나 같은 변호사들이 돈을 벌 수 있는 것 아닌가 싶기는 하다. 그리고 보면 그런 사람들이야말로 우수 고객인 셈이다.

그런데 그 사람들이 내 고객이 된다고 생각하면 끔찍하다. 소송에서는 상대방으로 만났으면 좋겠다. 소송 상대방이 서류도 늦게 내고 재판에도 매번 지각하거나 이따금 출석하지 않는다니, 내 입장에서는 참 즐거운 일일 테니까.

변호사님, 홍삼은 떨어지면 안 됩니다

변호사 일을 하다 보면 상대방이 하는 짓이 너무 얄밉고
짜증 날 때가 있다. 그런 사건은 '의뢰받은 사건'이 아니
라 그냥 '내 사건'이 되곤 한다.

의뢰인 중에 우리 어머니와 연세가 비슷한 분이 한 분
계신데, 철마다 사무실로 홍삼을 보내주시곤 한다. 3개월
치를 보내었다가 3개월이 지나면 또 보내주는 식으로, 의
뢰받았던 사건이 끝난 지 한참되었는데도 "변호사님, 홍
삼은 끊기면 안 돼요"라면서 벌써 몇 넌째 선물을 보내고
계신다.

그분이 처음 온 것은 남편으로부터 이혼 소송을 당해서

였다. 남편은 다른 여자와 바람을 피우다가 들키자 도리어 화를 내며 아내를 내쫓고는, 이혼 소송을 하면서 동시에 접근금지 가처분 신청을 하였다. 아내 쪽에서는 간통의 상대방, 즉 상간녀를 상대로 손해배상청구를 하였다. 그러자 남편은 평소 친하게 지내던 지인들을 시켜 아내가 일을 시키고 임금을 주지 않았다며 지방노동청에 신고하는 한편, 경찰에 고소를 하고 체불 임금을 청구하는 민사소송을 걸어왔다. 소송 도중 아내가 집으로 물건을 가지러 갔다가 상간녀와 다툼이 발생하자 상간녀는 아내를 폭행으로 고소하고, 남편 역시 아내가 자신의 물건을 가져갔다면서 주거침입과 절도로 고소하였다.

사실 위에서 열거한 것 외에도 아내와 처가를 상대로 기억도 제대로 나지 않는 온갖 소송과 고소, 진정, 민원신청이 들어왔는데, 폭행으로 형사 사건 벌금 몇십만 원 낸 것 빼고는 전부 우리(아내)가 승소하였다. 남편 쪽에서는 전부 항소하였고, 항소심 역시 우리 쪽에서 전부 승소하였다.

의뢰인은 엄청 가난하지는 않지만 저렇게 십수 개의 소송 비용을 부담할 정도로 여유가 있지도 않았다. 게다가 소송을 진행하다 보니 남편의 태도에 내가 더 짜증이 나서 처음에는 제대로 받던 수임료를 나중에는 안 받기도 하고, 교통비만 받기도 하고, 주시는 대로 받기도 하며 일을 처리했다. 그렇다고 해도 받은 돈을 다 합하면 결코 적은 금액이 아니었다.

2년 넘게 걸려 온갖 소송이 다 마무리가 되었다.

"드디어 반격할 때가 왔습니다."

우리는 남편과 상간녀의 은행 계좌를 압류하였고, 과태료 부과를 위한 전단계로 이행명령 신청을 하고 소송 비용을 청구하였다. 남편의 편을 들어 우리 쪽에 체불 임금을 청구한 지인들에게도 소송 비용을 청구하였다. 부부가 함께 살았던 집은 미등기 상태였는데, 부부의 귀속불명 재산은 공유로 추정한다는 민법 제830조 제2항 규정을 근거로 남편을 상대로 살고 있는 집에서 퇴거하라는 소송을 제기하여 승소한 뒤 그 소송 비용도 청구하였다.

그런데 소송이 끝난 지 얼마 안 되어 우리가 복수를 제대로 시작하기도 전에 남편은 근처 산에서 사망한 채로 발견되었다. 참 허무하고 쓸쓸한 말로였다. 차와 집안 물건도 경매로 넘기고 집에서도 끌어내리려고 했는데, 계획한 것을 실행하지 못하였다는 아쉬움은 들지 않고 오히려 참 불쌍하다는 생각이 들었다.

이렇게 한 의뢰인으로부터 관련된 여러 사건을 하다 보면 의뢰인의 개인사를 속속들이 알게 된다. 젊었을 때 어떠한 일을 하였고 어떻게 돈을 벌었고 자녀들은 어떻게 키웠는지, 또 그 자녀들은 결혼을 했는지, 직업은 무엇이고 어디에 살고 얼마를 버는지 등 정말 가까운 친척도 모를 법한 소소한 내용까지도 알게 된다. 나는 저 의뢰인이 지문이 닳아 무인 발급기로는 민원 서류를 못 떼는 것도 알고 이사 갈 곳이 어디인지, 지금 사는 곳의 보증금이 얼마고 월세는 얼마인지, 무릎이 아픈지 손가락이 아픈지, 자주 가는 병원은 어디인지도 알고 있다.

이렇게 남들에게 말하기 어려운 개인사를 변호사가 알고 있으니, 이러한 의뢰인들은 특별한 일이 아니어도 이따금씩 전화를 걸어와 이런저런 고민을 얘기하기도 하고 상담을 하기도 한다.

나에게 매번 홍삼을 보내주시는 의뢰인은 사실 결과적으로 이득을 본 것은 하나도 없었다. 상대방들로부터 제대로 돈을 받지도 못했기 때문이다. 그럼에도 매번 홍삼을 보내주며 내 건강을 챙겨주시는 이유는, 아마도 주변에 자기 편이 없을 때 유일하게 편을 들어준 사람이었기 때문일 것이다.

변호사는 의뢰인 편을 들어주라고 돈을 받으니 당연히 의뢰인 편에서 생각한다. 말로 싸우는 게 직업이니 의뢰인보다 더 논리적으로 상대방을 공격하고, 의뢰인보다 더 논리적으로 상대방 공격을 방어한다. 아무리 돈을 받는 계약 관계라고 해도 사건을 진행하다 보면 인간적인 정이 쌓이기 마련이라서 상대방의 거짓말에 같이 화가 나고, 사실관계를 증명할 증거가 없다는 사실이 내 일처럼 속상해진다.

어쩌면 적어도 맡긴 사건에 대해서는 가족보다 가까워지는 사이, 그게 바로 변호사와 의뢰인의 관계가 아닐까 싶다.

사무실에 와서 조용히 카톡으로 대화합시다

선배 변호사로부터 연락을 받았다. 소송구조(변호사비 등 소송 비용을 지출할 자금 능력이 부족한 사람에 대해 법원에서 재판에 필요한 비용의 납입을 유예 또는 면제시키는 제도로, 변호사비에 대해 소송구조 결정이 나오면 법원에서 변호사에게 규정에 따라 보수를 지급한다) 결정을 받은 사건인데, 관할 법원이 평택지원이어서 자기가 할 수 없으니 도와달라는 것이었다.

소송구조 결정을 받은 사건은 법원에서 변호사비를 지원해 주기는 하나, 금액이 너무 적어서 사건을 의뢰받으면 적자일 수밖에 없어 기피 대상이 되곤 한다. 법원에서 지급하는 변호사 보수 외에 의뢰인과 추가로 보수 지급 약정을 할 수도 있으나 현실적으로 기대하기 어렵다. 그래서 소송구조 사건은 사실상 봉사 활동에 가깝다.

어쨌든 선배의 간곡한 부탁이 있으니 내가 해드리겠다고 하였다. 의뢰인은 청각장애가 있어서 직접 대화가 불가능해 수어통역사의 도움을 받아야 하는 사람이었다.

의뢰인은 미군 부대 근처에서 인형이나 손수건 같은 물건을 파는 노점을 했는데, 고정된 점포가 있는 것이 아니라 물건을 가지고 다니며 파는 식이었다. 그런데 상인회 비슷한 게 있고 내부적인 규칙에 따라 장사할 수 있는 구역이 정해져 있어, 이를 어기는 사람이 있으면 갈등이 생기곤 한다. 내가 의뢰받은 사건은 일종의 손해배상 청구였는데 대단히 큰 금액은 아니지만 의뢰인의 경제적인 사정으로 볼 때는 꽤 감당하기 어려워 보였고, 금액의 많고 적음을 떠나 청각장애인이 피고로 소송을 수행한다는 상황 자체가 참 난감한 경우였다.

선배로부터 자료를 받고 사실관계와 법적 요건들을 따져보니, 의뢰인이 잘못한 점도 있기는 하였지만 소송에서는 어렵지 않게 이길 수 있을 것 같았다.

나는 수어통역사의 도움을 받아 사실관계를 파악했다.

내가 궁금한 것을 통역사에게 전달하면 통역사가 영상 통화로 수어를 하여 의뢰인에게 전달한 후, 의뢰인이 대답을 하면 다시 나에게 전달하는 식이었다. 시간이 좀 더 걸릴 뿐 큰 무리는 없었다.

의뢰인이 증거 자료도 전달해야 하고 계약서도 작성해야 하니 적어도 한 번은 사무실을 방문해야 했는데, 문제는 수어통역사가 의정부에 산다는 점이었다. 우리 사무실은 평택에 있으니 세 시간도 넘게 걸릴 거리였다. 수어통역사께서 직접 오시겠다고 하기에 그럴 필요까지 있겠느냐며 내가 알아서 하겠다고 말했지만, 결국 직접 사무실로 와서 계약 진행과 의뢰인과 직접 소통할 수 있는 카톡방 만드는 일까지 도와주셨다.

그런데 소송이 진행되는 동안 수시로 필요한 것들이 생기니 의뢰인에게 추가로 자료를 요구할 수밖에 없었다. 웬만한 자료는 그냥 휴대전화로 찍어서 보내달라고 하였지만, 의뢰인은 소송이 처음이라 걱정이 많아서 아무래도 변호사와 직접 대면하여 이것저것 물어보고 서류도 전달하고 싶어했다. 그렇다고 의정부에 있는 사람을 또 부를 수도 없어서 수어통역사에게 전화를 하였다.

"선생님, 의뢰인께서 오시고 싶어하는데 어떻게 해야

할까요?"

"아, 이런 일이 처음이라 걱정돼서 그러는 거니까 오시라고 하고 카톡으로 대화하시면 됩니다. 정 안 되면 전화 주세요."

이게 가능할까 싶었지만 일단 의뢰인과 약속을 잡았고, 의뢰인은 내가 요구한 자료를 가지고 약속한 시간에 사무실로 방문하였다. 의뢰인이 직원 안내를 받아 변호사실로 들어오는데 인사부터 좀 어색했다. "안녕하세요"라고 말을 해야 하나, 아니면 카톡으로 보내야 하나……

어찌저찌 인사를 하고 의뢰인과 마주 앉아 카톡을 주고받았다. 변호사와 의뢰인이 같은 공간에 앉아만 있을 뿐 서로 조용히 고개를 숙여 휴대전화를 두드리는 상황이 참 민망했다. 그렇게 몇 분을 소리 없이 대화하다가 도저히 안 되겠다 싶어 영상 통화로 수어통역사를 연결했다. 역시 소리 내어 말로 해야 민망하지 않고 소통이 원활했다.

생각해 보면 청각장애를 가진 그분은 평생을 그렇게 갑갑함과 민망함 속에서 살아왔을 것이다. 그나마 요즘은 스마트폰이 있어서 카톡으로라도 대화가 되고 수어통역사와 영상 통화라도 하지만, 그런 것도 없던 시절에는 얼마나 힘들었을지 가늠조차 할 수 없다. 평생을 그렇게 살아왔던 분에게 법원에서 소장이 날아왔으니 얼마나 무서 웠을까.

수어통역사는 재판이 있는 날에도 의정부에서 평택까지 내려와 도움을 주셨고, 재판장도 상황의 특수성을 생각해 일찍 재판을 마쳐주었다.

결과적으로 우리가 전부 승소했다.

의뢰인은 감사하다며 찾아와서는 30만 원짜리 대형 마트 상품권을 내밀었다. 소송구조 결정이 있어도 변호사와 의뢰인은 추가로 보수약정을 할 수 있고, 변호사는 소위 '김영란법' 적용 대상도 아니어서 내가 상품권을 받는 것이 법에 저촉되지는 않는다. 하지만 그분의 30만 원이 가진 무게가 내 돈 30만 원과 같을 수는 없을 것이다. 도대체 몇 개의 인형을 팔아야 저 돈을 벌 수 있을까.

나는 법원에서 수임료를 준다며 극구 사양하였으나, 수어통역사께서 "그래도 본인이 주고 싶으셔서 그러니까 안 받으면 더 서운해하신다"라고 하셔서 감사히 받았다.

그분은 자신이 파는 원숭이 인형도 하나 주고 가셨는데, 지금도 우리 사무실 내 방에는 변호사 사무실과 전혀 어울리지 않는 원숭이 인형이 매달려 있다. 그분이 주고 간 것이다. 차마 치울 수가 없어서 이사를 갈 때도 가져와

서 내 방에 달아놓았다. 대기업 의뢰인에게는 수천만 원
도 쉽게 청구하여 받지만, 그날 받은 30만 원짜리 상품권
은 내 인생 제일 비싼 수임료였다.

사람은 보고 싶은 것만 본다

어렸을 때를 생각해 보자. 같은 반 친구 중 누가 기억에 남는지를 잘 떠올려 보면, 굉장히 친했던 친구도 기억이 나지만 사실 좋아했던 친구들이 많이 떠오른다. 수십 년이 지나도 첫사랑의 이름을 기억하는 것도 마찬가지 이유이리라.

그러고 보면 내게는 군대에 대한 기억이 별로 없다. 억지로 떠올려 보면 어떤 일을 했는지 기억은 나는데, 막상 그립다거나 다시 돌아가고 싶다는 생각은 들지 않는다. 사람은 역시 좋은 것 위주로 보고 기억하고 싶은 것만 기억하는 법이다.

좋아하는 사람이 생기면 그 사람의 좋은 점만 보게 된다. 그 남자의 남성적인 매력만 보일 뿐 폭력적인 성향을 보지 못하고, 그 여자의 자상한 배려심만 보일 뿐 경제 관념이 부족한 것은 보이지 않는다. 그러다가 결혼을 하거나 함께 살거나 오래 사귀다 보면 처음에는 보지 못했던 단점들이 보이기 시작하고, 이를 극복할 수 없을 때 파탄에 이르게 된다.

나는 이혼 사건을 할 때에는 가급적 감정싸움을 하지 않으려고 한다. 그래서 외도나 반복적인 폭행이 있던 때가 아니라면 가급적 위자료를 청구하지 않는다. 위자료를 청구하지 않으면 이혼 사유에 대해 다툴 일도 별로 없어서 감정싸움을 할 필요가 없다. 그런데 소송의 상대방도 같은 생각을 하는 것이 아니라면 결국 감정싸움을 하게 된다. 판결문에 한 줄도 안 들어갈 사건을 가지고 서로를 원색적으로 비난한다. 혼인 기간 중 있었던 일뿐만 아니라 결혼 전 일까지 하나하나 끄집어내어 싸우는 모습을 보면, 왜 알면서 결혼을 했을까 하는 생각이 들기도 한다.

사람들은 보고 싶은 것만 보기 때문에 정작 봐야 할 것은 보지 못한다. 그 남자가 키도 크고 잘생기고 성격 좋고 돈도 잘 버는 것은 보이지만, 유부남일 수도 있다는 점은 간과한다. 이른 저녁에 귀가하고, 주말에 만나기 어렵고, 집도 알려주지 않는다면 당연히 이상하다고 생각해야 하는데 그런 점을 보지 못하는 것이다. 사귀던 남자가 유부남이라는 사실을 뒤늦게 알아도, 곧 이혼할 것이라는 말만 믿고 계속 만나다가 한 가정을 파탄에 이르게 하는 상간녀가 되고 만다. 유부남이라는 사실을 속였으면 곧 이혼한다는 말도 거짓말일 가능성이 높다는 점을 쉽게 간과하는 것이다.

한번은 상간녀로 소송을 당한 피고 사건을 상담한 적이 있다. 오픈채팅방에서 처음 만나 유부남인지 모르고 가까워졌다고 한다. 나중에 유부남인 것을 알게 되었지만 그 남자가 별거 중이며 이혼할 것이라고 하였다며 억울하다고 하였다. 나는 이렇게 말해주었다.

"그 남자가 유부남인 것도 속였는데, 별거 중이라는 것도 거짓말이지 않을까요?"

남자에게 속은 기분이 들어 억울할 수는 있겠으나, 어쨌든 유부남인 것을 알고 만났으니 그 남자의 아내에게 억울하다고 주장할 수는 없었다.

유사투자자문 사건이나 코인 사기 사건을 하다 보면 어떻게 저런 유혹을 믿고 돈을 넣었는지 항상 의문이 든다. 좋은 투자처가 있다면 자기 돈을 더 넣는 게 당연하지 남들에게 공유할 이유가 없다. 코인 가격을 1개당 1,000원으로 유지하겠다고 장담을 하였다면, 그 코인은 시세를 반영하지 못해 거래가 되지 않을 것이라는 점을 생각하지 못한다.

비트코인으로 사기를 당하였다며 상담을 요청하는 전화를 받은 적이 있다. 나이가 많은 어르신이었다.

"요즘 비트코인이 좋다고 해서 아는 사람이 투자를 권유하기에 돈을 좀 넣었는데 사기를 당한 것 같아요."

"구체적으로 말씀해 주실 수 있을까요?"

"지인이 투자하라고 해서 내 이름으로 계좌도 개설해 줬는데, 어제 돈을 찾으려고 은행에 갔더니 인출이 안 된다고 하더라고요."

"실제 비트코인 거래는 지인이 한 건가요?"

"그게 무슨 말인가요?"

"그러니까 비트코인 사고파는 것을 선생님이 직접 하셨나요, 아니면 지인분이 하셨나요?"

"그게 사고파는 거예요?"

그분은 뉴스에서 간간히 들려오는 비트코인 말을 듣고 지인이 권유해서 계좌까지는 개설한 것 같은데, 정작 코인이 무엇인지까지는 살펴보지 않은 것이다. 도와주고 싶어도 지인이 진짜 사기를 친 것인지, 아니면 그분 명의의 계좌에 그 돈이 고스란히 있는 것인지도 알 수 없었다. 다행히 계좌를 거래한 거래소가 어디인지는 알고 있기에, 거래소 고객센터에 물어봐서 계좌 거래내역을 받아 다시 상담을 요청하시라고 말씀드렸다. 시간이 꽤 되었는데도 연락이 없는 것으로 보아 아마 돈은 코인 거래소 계좌에 그대로 있었을 수도 있겠다.

좋은 집을 나에게만 싸게 판다면 대지권이 없거나, 하자가 있거나, 권리에 제한이 있을 가능성이 높다. 정말 좋은 집이라면 공인중개사를 통해 적당한 가격에 시장에 내놓아도 잘 팔리지 않겠는가.

그래도 나는 속는 사람은 잘못이 없다고 생각한다. 믿음에는 특별한 이유가 없을 때도 많으니까. 그저 믿기니까 믿는 것이지 이성적으로 따져서 믿는 경우는 별로 없다. 속인 사람을 비난해야지, 속은 사람을 비난해서야 되겠는가.

어떻게 하면 보이는 것 말고 나에게 닥친 사실을 객관적으로 볼 수 있을까를 고민해 보았지만 딱히 방법은 없는 것 같다. 나를 객관화하고 타자화하기 위해서 나를 주인공으로 한 소설을 써볼 수도 있고 남의 이야기인 것처럼 말을 해보는 방법도 있겠지만, 그냥 탁상공론에 불과할 뿐이다.

그래도 별의별 사건을 다 다루는 변호사로서 생각을 해보면, 그냥 평범하게 사는 것이 제일이다. 갑자기 큰돈을 버는 것보다 일을 해서 돈을 모으고 또 모은 돈으로 적당한 정도의 리스크를 감내하여 투자를 하면 사기를 당할 일이 별로 없다. 평범한 사람과 평범하게 만나서 남들처럼 연애를 하고, 적당히 속기도 하고, 적당히 거짓말도 하고, 또 적당히 행복하고, 적당히 슬픈 것이 좋은 것 같다.

드라마 속 주인공처럼 온갖 어려움을 이겨내고 황금 같은 기회를 얻어 멋진 삶을 꿈꿀 수도 있겠지만, 요즘 그런 스토리는 식상해서 그냥 시련으로 끝날 때가 많다. 드라마에는 층간 소음도 없고, 시간당 3,000원짜리 유료 주차장에 주차하고 나왔더니 바로 앞에 500원짜리 공영 주차장이 보일 때도 없다. 우리 일상은 드라마도 아니고, 드라마 같은 세상에서는 내가 주인공일 때가 별로 없다.

객관적인 현실을 외면하다가 결국 변호사의 도움을 요청하는 사람들의 이야기를 들으면 하나같이 드라마 주인공 같고, 라디오 사연 같다. 그런데 그 드라마는 행복한 결말로 마무리되는 로맨틱 코미디가 아니라 누가 이긴지도 모르겠는 〈사랑과 전쟁〉이거나 〈그것이 알고 싶다〉일 때가 더 많다.

재미는 없더라도 그저 평범한 보통의 삶, 드라마 같지 않은 삶이 참으로 소중하다.

사랑과 금전 사이

사귀던 사람에게 돈을 요구하고 잠적하는 경우가 많다. 사람을 믿은 것을 잘못이라고 할 수는 없겠지만, 소송을 의뢰하러 와서도 그 사람을 잊지 못하겠다고 하는 모습을 보면 뭐가 그렇게 좋은지 참 모르겠다.

연인에게 돈을 빌려달라고 한다면 대개 그 사람은 본인을 '연인'이라고 생각하고 있지 않을 것이다. 사귄다는 것은 혼자만의 착각일 뿐, 그저 돈 주머니에 불과할 가능성이 아주 높다.

정말 사랑하는 사람에게 돈을 빌려달라고 하기는 어렵다. 정말 돈이 급하면 먼저 은행에 알아보고 저축은행, 카드사, 보험사를 거쳐 대부업체까지 알아보고 나서 그래도 안 되면 가족, 친구에게 손을 벌렸다가 마지막에서야 연인에게 부탁하지 않을까. 정말 사랑하는 사람에게는 좋은 모습만 보여주고 싶고 허세를 부리고 싶지 돈 없는 모습을 보여주기는 싫을 테니 말이다.

그런데 이처럼 수없이 많은 기관과 업체, 가족, 친구를 모두 거쳤음에도 돈을 빌릴 곳이 없다고 한다면, 그 사람에게는 돈을 빌려주면 안 된다. 어차피 못 받는다. 그 사람이 돈을 갚지 않을 것 같으니까 다들 빌려주지 않은 것 아니겠는가.

한 남성이 여자 친구에게 돈을 빌려주었는데 받지 못하고 있다며 찾아왔다. 현금으로 준 것도 있고 계좌이체로 준 것도 있었다. 연인 사이라서 차용증은 받지 않았다고 한다. 유흥업소에서 일하고 있던 여성은 빚이 많아 어쩔 수 없다며 남성에게 빚을 갚아달라고 하였고, 결혼까지 약속하며 부모님께도 남성을 소개시켜 주었다. 이후 여성은 아버지 병원비가 급하게 필요하다며 돈을 빌려달라고 하였고, 동생이 사고를 쳐서 합의금이 필요하다며 또 돈을 빌려달라고 하였다. 그렇게 몇백만 원씩 빌려주다 보니 수천만 원이 되었는데, 남성은 평범한 회사원이라 돈이 없어 제2금융권에서 대출을 받아서까지 여성에게 주게 되었다. 남성이 더 이상 대출을 받을 수 없는 상황이 되자 그 여성은 이런저런 핑계를 대다가 헤어지자고 통보하고 잠수를 탔다.

이후 남성은 여성의 인스타그램을 찾아내었다. 자신과 사귀고 있었을 때 다른 남성과 여행을 가서 호화로운 생활을 즐기는 사진이 잔뜩 올라가 있고, 잘 어울린다거나 부럽다고 하는 지인들의 댓글도 달려 있었다. 남성에게 빌린 돈은 결국 또 다른 남자와의 여행 경비로 사용된 것 같았다.

남성은 여성을 상대로 대여금의 반환을 청구하는 소송을 제기하였다. 법정에 출석한 여성은 "저는 오빠한테 돈을 빌려달라고 한 적이 없고, 사귄 적도 없고, 오빠가 그냥 돈을 줬어요"라고 말하며, 계좌이체로만 돈을 받았다고 주장하였다. 결국 소송에서는 여성이 카톡으로 "갚을게"라고 한 몇백만 원만 빌려준 돈으로 인정되었다.

아파트를 분양받으면 은행마다 서로 경쟁적으로 대출을 해주려고 한다. 중도금이나 잔금 대출은 분양사무실이나 모델하우스, 아니면 은행의 별도 공간에서 하게 되는데, 그 대출 조건이 굉장히 좋아서 돈이 있어도 그냥 대출을 받는 사람도 많다. 아파트를 소유할 사람에게는 돈 떼일 염려가 많지 않으니까 서로 빌려주려고 경쟁을 하면서 좋은 조건을 제시하기 때문이다. 은행이나 금융기관에서 돈을 빌려주지 않으면 그만한 이유가 있는 법이다.

일주일만 쓰면 된다거나 한 달만 쓰면 된다고 하는 얘기는 대부분 거짓말이다. 전화 한 통이면 몇 분 만에 대출이 되는 세상이다. 거짓말의 유형은 다양하지도 않아서 대개는 카드 값이다. 카드 값을 갚지 못하였다고 해서 감옥에 가는 것도 아니다. 그냥 연체료를 내면 된다. 자기 돈으로 갚기 싫으니까 다른 사람에게 돈을 빌리는 것일 뿐이다.

신용불량자가 된다면서 급전을 요구하는 경우도 거짓말일 때가 많다. 신용불량자가 되거나 채무불이행자 명부에 등재된다고 하더라도 대단히 걱정할 일도 아니다. 어차피 신용이 나빠 금융기관에서 돈을 못 빌리는 사람이라면 신용불량자가 된다고 해서 특별하게 생활이 달라지지도 않는다.

'돈이야 또 벌면 되는 것이고 돈보다 더 중요한 것이 있다'고 하는 사람 중에 돈보다 더 중요한 것이 무엇인지 말할 수 있는 사람은 별로 없다. 현대 사회에서 돈이 없으면 생존이 불가능하다. 산에 들어가 초근목피로 생활하려고 해도 산 주인에게 돈을 주어야 하고, 외딴섬에 들어가려고 해도 뱃삯을 내야 하고, 헤엄쳐서 들어가려고 해도 섬 주인에게 돈을 주어야 한다. 노동력의 가치는 돈으로 환산하여 급여로 지급되고, 명예훼손을 당해 손해배상을 청구하려면 그 훼손당한 명예도 돈으로 환산해야 한다. '돈보다 사람이 중요하다'고 하는 사람도 사실은 그렇게 생각하지 않기 때문에 돈을 빌리려는 것이다. 돈보다 사람이 중요하다고 생각했으면 돈이 없는 채로 그냥 살지 굳이 빌리지 않을 테니까.

한 달에 100만 원씩 꼬박 10년을 모아야 1억 2,000만 원이다. 그 돈을 얼마나 힘들게 일하고 아껴서 모았는지를 생각해 보자. 정말 나를 사랑하는 사람이 힘들게 모은 돈을 쉽게 빌려달라고 할 수 있을까?

연인 간의 사기 사건을 하다 보면 참 갑갑할 때가 많다. 소송에서 이겨봐야 판결문은 종이 쪼가리에 불과하고 상대방에게 돈이 없으면 받을 방법도 마땅치 않다. 사기꾼들은 대개 자신의 이름으로 재산을 만들지 않는다. 집이며 차며 가게며 심지어 통장까지 다른 사람의 명의로 사용할 때가 많다. 돈을 빌려달라고 하면서 다른 사람의 명의로 된 계좌를 알려준다면, 그 돈은 못 돌려받을 가능성이 높다고 생각해야 한다. 소송에서 이기기 힘든 것이 아니라, 이겨봤자 돈을 받아내기가 힘들다.

한번은 남자친구를 사기로 고소하겠다는 여성이 찾아왔다. 급한 일이 있다며 금방 갚겠다고 하면서 조금씩 빌려 1억 원 넘게 빌려주었다는 것이다. 돈을 빌려주는 과정을 하나하나 살펴보았더니 사기가 성립할 수 없었다. 남자친구는 그저 급하다면서 "이번에는 꼭 갚을 테니 돈을 빌려달라"고만 하였을 뿐이었다. 돈을 갚지 않았다고 해서 모두 사기가 되지는 않는다. 카드로 결제를 많이 하여 카드 값을 정해진 날에 다 갚지 못하였으면 '연체'라고 하지 '사기'라고 하지 않는 것과 마찬가지다.

이 사건에서는 그저 민사로 대여금 청구를 하여 승소는 할 수 있을 것 같은데, 승소 판결문으로 강제집행을 하려면 그 남자친구에게 돈이 있어야 했다. 그 남자친구에게 돈이 없다면 현실적으로 돈을 받아내기 어렵다. 돈을 갚지 않았다고 해서 형사처벌을 받는 것도 아니고 감옥에 가지도 않는다.

변호사로서 돈에 관련한 수많은 사건을 다루어 봤지만 정말 '급해서' 돈을 빌리는 경우는 본 적이 없다. "급하게 병원비가 없어서……"라는 말이 나오면 사기임을 직감한다. 우리나라에는 '응급의료비 대불제도'라는 것이 있다. '더 좋은 치료'를 받기 위해서는 돈이 필요하나, 우리 국민들이 매달 내는 어마어마한 건강보험료 덕분에 '필요한 치료'는 건강보험에 가입되어 있지 않은 사람까지도 받을 수 있다.

정말 돈이 급하게 필요하다고 하면, 어디에 필요한지 물어보아 직접 해결해 주면 된다. 병원비가 필요하다면 우선 건강보험공단에 문의해 보고, 방법이 없으면 병원에 가서 결제해 주면 된다. 과도한 빚 때문에 고민이라면 신용회복위원회에 데리고 가서 함께 상담을 받고 해결방법을 찾자. 부모님 빚 때문이라면 그 부모님께 신용회복위원회를 알려주면 된다.

사랑하는 사람을 의심하라는 말이 아니다. 정말로 사랑한다면, 그 사람이 경제적인 문제 때문에 허덕이고 있을 때 '계좌이체'라는 간단한 방법으로 해결하려고 하면 안 된다는 뜻이다. 돈은 있다가도 없는 것이지만, 왜 어떤 사람은 항상 없기만 한지 생각해 보고 해결책을 함께 고민해 보아야 한다. 정말 그 사람을 사랑해서 평생을 함께하고자 한다면 경제 생활도 평생 함께해야 한다. 달라는 대로 돈을 주고 네가 알아서 하라고 두는 것은 진정한 사랑이 아니다. 물론 그 과정에서 그 사람이 자신을 돈 때문에 만난 것인지 사랑 때문에 만난 것인지 알게 되겠지만 말이다.

한 해를 마무리하며

작년 겨울에 추웠던 기억이 아직도 생생한데 벌써 슬슬 추워진다.

2019년 말에 발생한 코로나19로 변호사 업계도 힘들었다. 동기 하나는 "사람들이 밖에 안 나가니까 잘 안 싸워서 형사사건이 줄어든 것 같다"고 한다. 나는 형사 사건보다는 주로 민사나 가사 사건을 하는데, 그쪽 사건들도 확실히 줄어든 것이 느껴진다.

팬데믹 이후 외국에서는 이혼율이 증가하였다는 기사를 보았다. 그런데 우리나라에서는 오히려 이혼율이 감소하였다는 통계가 있다. 연구 자료를 확인해 본 것은 아니지만, 추측해 보건대 우리나라의 이혼율이 감소한 이유는 아마 팬데믹으로 시댁이나 처가에 가는 일이 줄었기 때문일 것이다.

이혼에도 소위 '대목'이 있는데, 특히 명절 전후로 상담이 급증한다. 아무래도 시댁이나 처가 문제 때문일 것이다. 이혼 사건의 상당수는 당사자 사이의 문제보다는 시댁이나 처가 때문에 발생한다. 우리나라에서는 부모가 자녀의 결혼은 물론 결혼 이후로도 너무 간섭하기 때문에, 당사자끼리는 화해할 수 있는 일이라도 시댁이나 처가의 간섭이 싫어 이혼하는 경우가 많다. 통계가 있지는 않지만 경험상 절반은 되는 것 같다.

2020년에는 확실히 줄었던 이혼 상담이 2021년 여름부터는 좀 늘어나는 듯하니, 아마 그즈음부터 다시 시댁이나 처가에 다니고 있는가 보다. 2021년 여름 이후의 통계를 보면 이혼율이 다시 증가하였을 것이다.

예전에는 별로 없던 이유로 이혼하는 경우도 생겼다. 최근 아파트 시세가 급격히 오르자 참았던 이혼을 결심하는 사람이 늘었다. 아파트가 남편 명의인 경우에는 아내가, 아내 명의인 경우에는 남편이 소송을 하는 경우가 꽤 많다. 이러한 경우 재산분할을 하면 아파트를 가진 쪽이 불리하다. 재산분할 때에는 아파트의 시세만 고려할 뿐 세금을 고려하지 않는데, 아파트 시세가 올라봐야 특히 다주택자인 경우에는 세금을 빼면 남는 것도 거의 없어 아파트를 팔아야 재산분할금을 줄 수 있는 경우가 많기 때문이다. 정부의 부동산 정책이 이혼에 영향을 준다는 것을 정책 당국자가 상상이나 했을까.

코로나 시국에도 비대면 계약이나 상담을 원하는 경우는 많지 않았다. 다들 이전과 마찬가지로 방문 상담을 주로 원하였고, 대부분 마스크를 잘 쓰고 상담을 받았으며, 가끔 마스크를 안 쓰려는 사람이 있으면 당연히 쫓아냈다. 그런 사람 사건은 안 하는 편이 낫다.

법원 방청석은 띄엄띄엄 앉는 것으로 바뀌었고, 당사자석에 칸막이를 설치한 법정도 생겼다. 판사든 당사자든 변호사든 모두 마스크를 쓰고 말해야 하니 잘 안 들리는 불편함이 생겼다. 재판이 있는 날에는 하루 종일 말을 해야 하는 판사는 참 답답할 것이다.

2020년과 2021년에는 코로나19로 법원도 수시로 임시 휴정을 하였고, 덕분에 변호사 업계도 수입이 많이 줄었다. 법원이 쉰다고 해서 변호사 업계에 어떠한 영향이 있겠냐고 반문할 수도 있겠지만 식당을 생각하면 쉽다. 식당에서도 테이블이 빨리 돌아야 수입이 느는 것처럼, 법원에서 사건이 계속 지연되면 일거리는 늘어나는데 수입은 빨리 발생하지 않게 된다. 내 경우에는 3년 전에 시작하였는데 아직도 1심도 끝나지 않은 사건도 있다.

제대로 계산은 해보지 않았으나 우리 사무실은 2019년에 비해 2020년에는 수입이 조금 줄었고, 2021년에는 절반 정도로 줄어들었다. 지난달에는 겨우 적자만 면하고 가져간 돈이 없었는데, 이번 달에는 확실히 적자가 발생했다. 그렇다고 해서 보조금이나 지원금이 있지도 않다. 변호사 업종은 그런 것에서 항상 예외고, 오히려 무료 법률 상담 행사에 지원해 달라는 공문만 날아온다.

내 개인적으로는 재작년, 작년에 이어 올해도 가족이 하늘나라로 갔다. 3년 연달아 상을 치르다 보니 장례가 소송처럼 익숙해져 버렸다. 3일상을 치르고 나면 여느 직장인들도 원래의 생활로 돌아가 회사에 출근해 일상을 지속하듯, 변호사 역시 장례식장에서도 서면을 쓰고 발인 다음 날부터 법원에 출석해야 한다. 장례 때문에 기일을 연기했다고 판사한테 한 소리 들었다는 점이 좀 색다르긴 하다.

올 초에 받은 건강검진 결과가 좋지 않아 몇 달째 병원에 다니고 있다. 특별히 어디 하나가 고장난 것은 아니지만 관리를 좀 해야 한다고 한다. 의사는 스트레스를 줄이고 운동을 하라고 하는데, 하루 종일 컴퓨터 앞에 앉아 싸우는 게 일인 사람에게 그런 일이 가능할 리가 없다. 그래도 내 사무실이 있는 변호사니까 눈치 보지 않고 수시로 병원을 다니며 검사받을 수 있다는 점이 다행이라면 다행이다. 예전에 회사에 다닐 때에는 몸이 좋지 않아도 병원에 갈 시간이 없어서, 결국 응급실 얼음 침대에 누워 링거를 맞고 있는 사진을 보여주고서야 겨우 하루 쉴 수 있었다. 그리고 보면 하루를 제대로 쉬기 어려운 업종들, 가령 택배 노동자는 참 힘들 것 같다.

이렇게 쓰고 보면 굉장히 우울한 한 해를 보낸 것 같지만, 실상은 평범하고 오히려 기분 좋은 일들이 더 많았다. 여전히 패소는 별로 없고 승소가 많았으며, 때마다 홍삼을 챙겨주시는 의뢰인은 여전히 홍삼을 보내주셨고, 의뢰인들로부터 원망보다는 감사를 더 많이 받았다.

이 글을 쓰는 시점에서는 아직 11월이 채 끝나지도 않았는데 벌써 내년 3월 재판 일정이 잡히고 있다. 내일도 오늘처럼 야근을 할 것이고 내년에도 올해처럼 야근을 하겠지만 내년도 승소가 많은 한 해가 되었으면 좋겠고, 제발 코로나는 이제 끝났으면 좋겠고, 사무실 매출도 예년처럼 회복되었으면 좋겠다. 그런데 변호사가 돈을 잘 벌려면 싸움이 많이 생겨야 하고 장래의 의뢰인들에게 나쁜 일이 생겨야 하니, 새해 소원을 빌어야 하나 말아야 하나 참 고민이다.

'변호사'라는 직업은 드라마의 단골 소재이긴 하나 일상은 드라마틱하지 않다. 사실 정말 드라마틱한 것은 의뢰인들이 겪은 현실이다.

많은 의뢰인들이 "이런 일은 드라마에서나 나올 줄 알았지 내가 당할 줄 몰랐어요. 변호사님도 이런 경우를 들어보셨나요?"라고 묻곤 한다. 사람들은 드라마에서나 일어날 법한 일이 자신에게는 일어나지 않을 것이라고 생각하지만, 내가 볼 때 드라마 작가의 상상력은 현실을 따라가지 못한다. 그래서 소위 '막장 드라마'라고 소문이 난 드라마를 보아도 현실보다 현실적이지 않다.

변호사가 접하게 되는 세상은 참 드라마보다 더 드라마 같아서, 막상 그 사건의 주인공인 우리 의뢰인들을 생각하면 사건 하나하나가 다 소중하다.

2019년을 기준으로 법원에 접수된 소송 건수는 663만 4,344건이다. 한 사람의 인생을 좌우할 수도 있는 사건은 저 수백만 건 중 하나에 불과한 것이다. 그리고 3,000명도 되지 않는 법관이 600만 건이 넘는 사건을 처리한다.

매년 수백만 건이 작성되는 판결서는 어쩌면 피천득 수필 속의 '은전 한 닢'에 불과할지도 모른다. 대단해 보이지 않는 판결서 하나를 받기 위하여 당사자는 몇 달치 월급을 모아 변호사를 선임하고, 또 증거가 부족하지 않은지 노심초사하였을 것이다.

막상 법원이나 수사기관의 문을 두드리면 판결서를 받든 합의를 하든 결과적으로 같으면 되는 것이 아니냐며 합의를 종용받지만, 누군가에게는 그저 종잇장에 불과한 판결서가 당사자에게는 진짜인지 확인하고 싶은 '은전 한 닢'일 수 있다.

판결서는 궁서체보다 더 진지하게 '판결서체'로 쓰지만, 이유를 적시하지 않아도 되는 소액사건 판결서나 모든 사건에 겨우 서너 줄짜리 같은 문구를 적시하는 대법원 심리불속행 판결서에 과연 은전 한 닢만큼의 무게감이라도 있는지 모르겠다.

하나의 판결이 확정되면 어떤 사람에게는 평생 갚지도 못할 빚이 생기기도 하고, 어떤 사람은 범죄자로 기록되기도 하고, 또 어떤 사람은 큰돈을 벌기도 한다.

법이 세상의 모든 사정을 다 들어줄 수 없으니 그 법이 적용된 결과 역시 항상 정의롭지도 않다. 법은 그저 축구 룰과 같다. 그라운드 위에는 월드컵에 출전하는 국가대표 선수도 있고, 여든이 넘은 노인도 있고, 다리가 불편한 장애인도 있고, 스무 살 청년도 있고, 축구라는 것을 처음 보는 외국인도 있다.

변호사라는 직업은 그라운드에서 뛰는 선수에게 복잡한 룰을 가르쳐 줄 수도 있고 잘못된 심판 판정에 대신 항의해 줄 수도 있지만, 근본적으로 룰을 바꿀 수도 없고 왜 국가대표와 여든 노인에게 같은 룰이 적용되냐고 따질 수도 없다. 생각해 보면 참 별 볼일 없는 직업이다.

소송 하나가 의뢰인의 인생에 줄 영향과 법이 항상 정의로운 결과를 내줄 수 없다는 한계를 생각하면 가위에 눌린 것처럼 불편하고 답답하다.

변호사는 참 좋은 직업이지만 눈물을 흘리는 의뢰인에게 냉정하게 사실관계를 따져 묻고, 그런 의뢰인에게 법이 그러하니 패소할 것이라고 말해야 하는 참 잔인한 직업이기도 하다.

어쩌면 의사와 비슷한 것 같기도 하다. 의사가 문진을 하고 환자의 상태와 검사한 결과를 검토해 진단하는 것과 비슷하게 변호사는 의뢰인의 주장을 듣고, 증거를 확인하고, 감정 결과를 보고, 판단을 한다. 의사가 오진을 하듯 변호사도 오판을 할 수 있고, 의사가 모든 병을 다 고칠 수 없는 것처럼 변호사 역시 모든 사건을 해결하지는 못한다. 승소를 하면 환자가 완쾌된 것처럼 기쁘고, 패소를 하면 환자가 잘못된 것처럼 기분이 좋지 않다.

의사가 환자에게 "3개월쯤 남았습니다"라고 말하기가 무척 힘들듯, 변호사 역시 "안타깝지만 승소 가능성이 없습니다"라고 말할 때는 참 힘들다.

그래도 승소는 마약과 같아서 힘들다가도 승소 판결문 하나를 받으면 다시 힘이 난다. 그래서 오늘도 야근을 하고, 내일도 야근을 할 것이고, 금요일에 퇴근할 때는 결국 노트북을 싸 들고 집으로 갈 것이다. 뭐, 다른 직장인들도 다들 그렇지 않은가.

일하는사람 #006

제가 변호사가 되어보니 말입니다

초판 1쇄 인쇄 2022년 1월 24일
초판 1쇄 발행 2022년 2월 4일

지은이 | 오광균
발행인 | 강봉자

펴낸곳 | (주)문학수첩
주소 | 경기도 파주시 회동길 503-1(문발동 633-4) 출판문화단지
전화 | 031-955-9088(마케팅부), 9534(편집부)
팩스 | 031-955-9066
등록 | 1991년 11월 27일 제16-482호

홈페이지 | www.moonhak.co.kr
블로그 | blog.naver.com/moonhak91
이메일 | moonhak@moonhak.co.kr

ISBN 978-89-8392-893-1 03810